O quarto de Jacob

VIRGINIA WOOLF

O quarto de Jacob

TRADUÇÃO
LYA LUFT

SÃO PAULO, 2021

O quarto de Jacob
Jacob's Room
Copyright da tradução © 2007 by Lya Luft
Copyright © 2021 by Novo Século Editora Ltda.

EDITOR: Luiz Vasconcelos
TRADUÇÃO: Lya Luft
REVISÃO: Giselle Bianca Mussi de Moura • Tássia Carvalho
PROJETO GRÁFICO E DIAGRAMAÇÃO: João Paulo Putini
ILUSTRAÇÃO DE CAPA: Bruno Novelli

Texto de acordo com as normas do Novo Acordo Ortográfico da Língua Portuguesa (1990), em vigor desde 1º de janeiro de 2009.

Dados Internacionais de Catalogação na Publicação (CIP)
(Câmara Brasileira do Livro, SP, Brasil)

Woolf, Virginia, 1882-1941.
O quarto de Jacob / Virginia Woolf;
tradução Lya Luft – 2. ed.
Barueri, SP: Novo Século Editora, 2021.

Título original: *Jacob's Room*

1. Ficção inglesa I. Título.
13-09470   CDD-823

Índice para catálogo sistemático:
1. Ficção: Literatura inglesa 823

Alameda Araguaia, 2190 – Bloco A – 11º andar – Conjunto 1111
CEP 06455-000 – Alphaville Industrial, Barueri – SP – Brasil
Tel.: (11) 3699-7107 | Fax: (11) 3699-7323
www.gruponovoseculo.com.br | atendimento@gruponovoseculo.com.br

1

"Assim, naturalmente", escreveu Betty Flanders enfiando os saltos dos sapatos mais fundo na areia, "não havia nada a fazer senão partir."
Brotando lentamente do bico da sua pena de ouro, a pálida tinta azul dissolveu o ponto-final; pois sua caneta parou ali; seus olhos tornaram-se fixos, lágrimas inundaram-nos devagar. A baía inteira oscilou; o farol cambaleou; e ela teve a ilusão de que o mastro do pequeno iate do Sr. Connor se inclinava, como uma vela de cera ao sol. A Sra. Flanders pestanejou depressa. Acidentes eram coisas terríveis. Piscou de novo. O mastro estava ereto; as ondas, regulares; o farol, em pé; mas o pingo de tinta se espalhara.

– ... nada a fazer senão partir – leu ela.

– Bem, se Jacob não quer brincar – (a sombra de Archer, seu filho mais velho, caiu sobre o papel, e parecia azul na areia, e ela sentiu frio – já era três de setembro) – se Jacob não quer brincar.

– Que borrão horrível! Devia estar ficando tarde.

– Mas *onde está* esse menino cansativo? – disse ela. – Não o vejo daqui. Corra e vá procurá-lo. Diga-lhe que venha já. – "... mas graças a Deus", rabiscou, ignorando o ponto-final, "tudo parece satisfatoriamente arranjado, estamos empacotados como arenques numa barrica, e fomos obrigados a deixar de lado o carrinho de bebê, que naturalmente o senhorio não quer permitir..."

Eram assim as cartas de Betty Flanders ao Capitão Barfoot – cartas de muitas páginas, manchadas de lágrimas. Scarborough fica a setecentas milhas da Cornualha: o Capitão Barfoot está em Scarborough: Seabrook está morto. Lágrimas fizeram balouçar em ondas rubras todas as dálias do jardim e reverberar em seus olhos a estufa de vidro, e enfeitaram a cozinha de setas luminosas, e fizeram a Sra. Jarvis, esposa do reitor, pensar, na igreja, enquanto os hinos ressoavam e a Sra. Flanders se debruçava sobre as cabeças dos filhos pequenos, que o casamento é uma fortaleza, e que viúvas vagueiam solitárias por campos abertos, juntando pedras, respingando palhas douradas, sozinhas, desprotegidas, pobres criaturas. A Sra. Flanders era viúva há dois anos.

* * *

– Ja-cob! Ja-cob! – gritou Archer.

* * *

"Scarborough" escreveu a Sra. Flanders no envelope, passando debaixo uma linha audaciosa; era sua cidade natal; o centro do universo. Mas e o selo? Esquadrinhou a bolsa; depois virou-a de boca para baixo; finalmente remexeu em seu regaço, tudo isso tão vigorosamente que Charles Steele, de chapéu panamá, suspendeu no ar seu pincel de pintor.

Ele tremia como a antena de um inseto irritadiço. Lá estava aquela mulher se movendo – ia até mesmo levantar – para o diabo com ela! Steele deu à tela um rápido toque negro-violeta. A paisagem pedia-o. Estava pálida demais – cinzas diluindo-se em lavandas, e uma estrela ou gaivota suspensa ao acaso –, pálida demais, como de costume. Os críticos diriam que estava tudo pálido demais, pois ele era um desconhecido expondo em galerias obscuras, favorito dos filhos de seus senhorios, usando uma cruz na corrente do relógio, muito grato quando os senhorios apreciavam seus quadros – e seguidamente eles os apreciavam.

* * *

– Ja-cob! Ja-cob! – gritou Archer.

* * *

Exasperado com o barulho, mas amando crianças, Steele esgravatou nervosamente os pequenos emaranhados escuros em sua paleta.

– Eu vi seu irmão, eu vi seu irmão – disse, balançando a cabeça quando Archer passou por ele, devagar, arrastando a pá e olhando de mau humor para o velho de óculos.

– Ali, junto do rochedo – resmungou Steele com o pincel entre os dentes, espremendo vermelho-siena forte, olhos fixos nas costas de Betty Flanders.

– Ja-cob! Ja-cob! – gritou Archer, prosseguindo devagar depois de um momento.

A voz denotava extraordinária tristeza. Pura, despojada do corpo, despojada de toda paixão, saindo para o mundo, solitária, irrespondida, quebrando-se contra os rochedos – era assim que soava.

* * *

Steele franziu a testa; mas ficou contente com o efeito do negro – era exatamente *aquela* nota que dava unidade ao resto, e assim, tendo encontrado a tonalidade certa, olhou para cima e viu com horror uma nuvem sobre a baía.

A Sra. Flanders ergueu-se, bateu seu casaco dos dois lados para tirar a areia e pegou o guarda-sol.

* * *

A rocha era um daqueles recifes castanhos tremendamente sólidos, quase negros, que emergem da areia como algo primitivo. Áspera por causa dos mariscos rugosos, aqui e ali raros tufos de algas secas, um menino precisava abrir bem as pernas e sentir-se mesmo um herói até galgar o topo.

Mas lá, bem em cima, há uma cavidade cheia de água, com o fundo arenoso; com uma gelatina-do-mar de um lado, e alguns mexilhões. Um peixe vara as águas tal uma flecha. A franja de algas castanho-amareladas esvoaçava, e aparece um caranguejo de casca opalina...

– Oh, que caranguejo enorme – murmura Jacob... e começa sua jornada no fundo arenoso, as pernas inseguras. Agora! Jacob mergulhou a mão. O caranguejo era frio e muito leve. Mas a areia engrossava a água, e assim, escorregando para baixo, Jacob estava na iminência de pular segurando o balde à frente, quando viu, estendidos absolutamente rígidos, lado a lado, rostos muito vermelhos, um homem e uma mulher enormes.

Um homem e uma mulher enormes (estava quase anoitecendo) estendidos ali imóveis, as cabeças sobre lenços, lado a lado, a poucos passos do mar, enquanto duas ou três gaivotas tocavam graciosamente as ondas que chegavam, pousando depois perto das botinas deles.

Os grandes rostos vermelhos deitados nos lenços coloridos erguiam-se para Jacob. Jacob baixou os olhos sobre eles. Segurando o balde com muito cuidado, Jacob então saltou decidido, e saiu correndo, indiferente a princípio, depois cada vez mais depressa, à medida que as ondas espumavam tão perto dele, que precisava desviar-se para evitá-las, enquanto as gaivotas se erguiam à sua frente, esvoaçavam, pousando outra vez um pouco adiante. Havia uma grande mulher negra sentada na areia. Jacob correu para ela.

– Nanny! Nanny! – gritou, soluçando as palavras na crista de cada respiração ofegante.

As ondas a rodearam. Era uma rocha. Coberta daquelas algas que estouram quando a gente espreme. Jacob estava perdido.

Ficou ali parado. Seu rosto se compunha. Quando ia começar a berrar, viu, entre paus pretos e palhas, debaixo de um recife, uma caveira inteirinha – talvez a caveira de uma ovelha, uma caveira, talvez, com os dentes. Soluçando ainda, mas já distraído, correu, correu, até segurar a caveira nos braços.

* * *

– Lá está ele! – gritou a Sra. Flanders, rodeando o rochedo e por alguns segundos cobrindo todo o espaço da praia. – O que está segurando aí? Largue isso, Jacob! Largue agora, já! É uma coisa medonha, eu sei. Por que não ficou conosco? Vocês dois, venham. – E ela virou-se, segurando Archer com uma das mãos, tentando com a outra pegar o braço de Jacob. Ele, porém, se agachou e pegou do chão o maxilar da ovelha, que estava solto.

Balançando a bolsa, agarrando o guarda-sol, segurando a mão de Archer e contando a história da explosão de pólvora em que o pobre Sr. Curnow perdera o olho, a Sra. Flanders escalava depressa o caminho íngreme, consciente todo o tempo, nas profundezas da mente, de algum aborrecimento enterrado ali.

Na areia, não longe dos amantes, jazia a velha caveira de ovelha, sem maxilar. Limpa, alva, batida pelos ventos e esfregada pela areia, não havia em parte alguma da costa da Cornualha pedaço de osso mais impoluto. Os azevins do mar cresceriam através de suas órbitas; ela se desfaria em pó, ou algum jogador de golfe, batendo em sua bola, um belo dia, dispersaria um montinho de poeira – não, mas não em hospedarias, pensou a Sra. Flanders. É uma grande aventura, vir para tão longe com crianças pequenas. Sem um homem para ajudar com o carrinho. E Jacob dando tanto trabalho, já tão obstinado.

– Jogue fora isso, querido, vamos – disse quando chegaram à estrada; Jacob, porém, desviava-se dela; e, como o vento aumentasse, ela tirou o alfinete da touca, olhou o mar, espetou-o novamente. O vento aumentava. As ondas tinham aquela inquietação de coisa viva, indócil, à espera do látego, ondas antes da tempestade. Os barcos de pesca dirigiam-se para a margem. Uma luz amarelo-pálida varou o mar púrpura e apagou-se. O farol fora aceso. – Venham – disse Betty

Flanders. O sol ardia em seus rostos e dourava as grandes amoras que emergiam trêmulas da sebe que Archer tentava golpear quando passavam.

– Não andem tão devagar, meninos. Vocês não têm roupas para trocar – disse, empurrando-os, e contemplando alvoroçada a terra lúgubre, com os súbitos lampejos de luz das estufas nos jardins, com uma espécie de alternância amarela e negra, contra esse crepúsculo abrasado, essa espantosa agitação e vitalidade de cores que excitava Betty Flanders, fazendo-a pensar em responsabilidade e perigo. Pegou a mão de Archer. E galgou a colina.

– O que foi que pedi para você lembrar? – perguntou.

– Não sei – respondeu Archer.

– Bem, nem eu – volveu Betty com humor e simplicidade, e quem pode negar que nessa perplexidade, quando combinada com efusão, superioridade maternal, superstições de mulheres antigas, maneiras aleatórias e momentos de espantosa audácia, humor e sentimentalismo – quem pode negar que nesses aspectos toda mulher é mais agradável do que qualquer homem?

Bem, para começar, temos Betty Flanders.

Ela estava com a mão no portãozinho do jardim.

– Era a carne! – exclamou baixando a aldrava.

Esquecera a carne.

Rebeca estava na janela.

* * *

A pobreza da sala da frente da Sra. Pearce tornava-se inteiramente óbvia às dez da noite, quando instalavam no centro da mesa um forte lampião de petróleo. A luz crua caía no jardim; varava o relvado; iluminava um balde de crianças e os ásteres purpúreos, e chegava à sebe. A Sra. Flanders deixara sua costura na mesa. Ali estavam os carretéis de linha branca e os óculos de aro de aço; o agulheiro; a lã marrom enrolada num velho cartão-postal. Ali estavam os juncos e as revistas *Strand*; e o linóleo cheio de areia das botas dos meninos. Um gafanhoto saltava de um canto a outro, e bateu no bojo do lampião. O vento soprou pela janela rajadas de chuva que reluziram em prata ao passarem na luz. Uma única folha batia apressada e persistente na vidraça. Havia tempestade sobre o mar.

* * *

Archer não conseguia dormir.

A Sra. Flanders inclinou-se para ele.

– Pense nas fadas – disse Betty Flanders. – Pense nos lindos, lindos pássaros aconchegados em seus ninhos. Agora feche os olhos e veja a velha mãe-pássaro com uma minhoca no bico. Agora vire-se e feche os olhos – murmurou ela –, feche os olhos.

A hospedaria parecia cheia de gorgolejos e movimentos rápidos; a cisterna transbordando; a água borbulhando e chiando e disparando pelos canos, jorrando janelas abaixo.

– Para onde está correndo toda essa água? – murmurou Archer.

– É só água do banho escoando – disse a Sra. Flanders. Alguma coisa estalou fora.

– Será que aquele navio não vai afundar? – perguntou Archer, abrindo os olhos.

– Claro que não – respondeu a Sra. Flanders. O capitão está na cama faz muito tempo. Feche os olhos e pense nas fadas dormindo profundamente debaixo das flores.

* * *

– Pensei que não ia acabar nunca, um temporal desses – sussurrou para Rebeca, que estava curvada sobre um lampião de álcool no quartinho ao lado. O vento disparava, mas a pequena chama do lampião ardia sossegadamente, sombreada ao lado do berço por um livro em pé.

– Ele tomou direito a mamadeira? – sussurrou a Sra. Flanders, e Rebeca fez que sim e foi até o berço ajeitar a colcha, e a Sra. Flanders inclinou-se para lá, olhando ansiosa o bebê adormecido, mas de sobrancelhas franzidas. A janela estremeceu e como um gato Rebeca esgueirou-se para prendê-la. As duas mulheres murmuravam por cima do lampião, tramando a eterna conspiração do silêncio e das mamadeiras limpas, enquanto o vento se enfurecia, provocando um súbito repelão nas fechaduras baratas.

As duas olharam o berço. Seus lábios estavam franzidos. A Sra. Flanders foi até lá.

– Dormindo? – sussurrou Rebeca, ainda olhando o berço.

A Sra. Flanders confirmou com a cabeça.

– Boa noite, Rebeca – murmurou, e Rebeca chamou-a de madame, embora as duas fossem conspiradoras tramando a eterna conspiração do silêncio e das mamadeiras limpas.

* * *

A Sra. Flanders deixara o lampião aceso no aposento da frente. Lá estavam seus óculos e sua costura; e uma carta com carimbo de Scarborough. Ela também não baixara as cortinas.

A luz atravessou o quadrado de relva; caiu sobre o balde verde de criança com a listra dourada e sobre os ásteres que tremiam violentamente ao lado. Pois o vento devastava a costa, lançando-se contra as colinas e voltando sobre si mesmo em súbitas rajadas. Como se espraiava pela cidade no vale! Como as luzes pareciam piscar e tremer nessa fúria, luzes no cais, luzes em janelas de quartos de dormir, lá em cima! E empurrando à frente as ondas escuras, a tempestade disparou pelo Atlântico, sacudindo de um lado para outro as estrelas por cima dos navios.

Ouviu-se um estalido na sala da frente. O Sr. Pearce extinguia o lampião. O jardim apagou-se. Não passava agora de uma mancha escura. Cada polegada inundada, cada talo de grama curvado sob a chuva. Pálpebras teriam sido fechadas pela chuva. Deitando-se de costas, não se veria senão desordem e confusão – nuvens girando e regirando, e na treva alguma coisa amarela e sulfurosa.

Os meninos no quarto de dormir da frente tinham afastado os cobertores e jaziam debaixo dos lençóis. Fazia calor; estava sufocante e úmido. Archer esticara o corpo, com um braço através do travesseiro. Rosto corado; e, quando a pesada cortina ondulou de leve, virou-se e abriu um pouco os olhos. O vento realmente empurrava o tecido sobre a cômoda, deixando entrar um pouco de luz, de modo que a quina da cômoda ficou visível, erguendo-se vertical, até onde sobressaía uma protuberância alva; no espelho via-se uma fita prateada.

Na outra cama junto da porta ressonava Jacob, que adormecera logo, numa inconsciência profunda. O maxilar de ovelha com grandes dentes amarelos jazia a seus pés. Ele o atirara com um pontapé contra a guarda de ferro da cama.

Fora, a chuva desabava mais incisiva e mais intensa, depois que o vento amainara nas primeiras horas da manhã. Os ásteres jaziam derrubados no chão. O balde das crianças estava cheio até a metade com água da chuva; o caranguejo de casca de opalina girava lento no fundo, tentando com suas pernas débeis escalar a beirada; tentando e caindo; tentando e caindo.

2

—A Sra. Flanders. – Pobre Betty Flanders. – Cara Betty. – Ela ainda é bem atraente. – Pena que não se casou de novo! – Mas há o Capitão Barfoot. – Visita-a todas as quartas-feiras, regular como um relógio, e nunca traz a mulher.

– Mas é culpa de Ellen Barfoot – diziam as senhoras de Scarborough. – Ela não aparece para ninguém.

– Um homem gosta de ter um filho, todo mundo sabe disso.

– Alguns tumores têm de ser extirpados; mas o tipo que minha mãe teve a gente carrega anos e anos, e nunca sequer nos servem uma xícara de chá na cama.

(A Sra. Barfoot era inválida.)

* * *

Elizabeth Flanders, de quem isso e muito mais foi e seria dito, era naturalmente uma viúva na flor da idade. Estava a meio caminho entre os quarenta e cinquenta. Entre eles, os anos e as mágoas; a morte de Seabrook, seu marido; três filhos; pobreza; uma casa nos subúrbios de Scarborough; a ruína e possível morte do irmão, o pobre Morty – pois onde andava ele? o que era ele? Protegendo os olhos com a mão, ela olhou a estrada à procura do Capitão Barfoot – sim, lá estava, pontual como sempre; as atenções do capitão faziam Betty Flanders desabrochar, expandiam o seu porte, coloriam de alegria seu rosto e inundavam seus olhos três vezes ao dia, sem razão evidente.

Claro, não há mal em chorar pelo marido da gente, e a pedra tumular, embora simples, era uma peça sólida, e em dias de verão, quando a viúva trazia seus meninos para se postarem ali, as pessoas simpatizavam com ela. Os chapéus eram erguidos mais alto que de costume; esposas agarravam firme os braços dos maridos. Seabrook jazia seis pés abaixo, morto todos esses muitos anos; encerrado em três conchas; as frestas lacradas com chumbo, de modo que, se terra e madeira fossem vidro, indubitavelmente seu rosto seria visível lá embaixo, o rosto de um homem jovem, de suíças, bem apessoado, que saíra para caçar patos e se recusara a trocar de botas.

"Comerciante desta cidade", dizia a pedra tumular; mas por que Betty Flanders resolvera designá-lo assim, se, como muitos ainda recordavam, ele apenas ficara sentado atrás de um guichê de repartição por três meses, e antes disso domara cavalos, participara de caçadas, cultivara uns poucos campos e fizera algumas loucuras – contudo, ela tinha de chamá-lo de alguma coisa. Um exemplo para os meninos.

Mas então ele não fora nada? Pergunta irresponsível, pois, mesmo que o agente funerário não feche rapidamente os olhos dos mortos, a luz, mais cedo ainda, se apaga neles. Primeiro, Seabrook fora parte dela; agora, um numa multidão, imerso na grama, do lado íngreme da colina, mil e uma pedras brancas, algumas oblíquas, outras verticais, as coroas de flores deterioradas, as cruzes de estanho verde, os estreitos caminhos amarelos, os lilases que em abril fenecem sobre o muro do cemitério, com odor de quarto de inválido. Seabrook era tudo isso; e, quando saía arrepanhada, alimentando as galinhas, ela escutava o sino para uma cerimônia ou funeral, era a voz de Seabrook – a voz dos mortos.

O galo costumava voar para o ombro dela e bicar-lhe o pescoço, de modo que agora ela carregava uma vara ou levava uma das crianças ao dar comida às aves.

– Você não quer levar minha faca, mãe? – disse Archer.
Soando ao mesmo tempo que o sino, a voz do filho mesclava vida e morte de maneira inextricável e excitante.
– Mas que faca enorme para um menino tão pequeno! – disse ela. Pegou-a só para lhe dar prazer. Depois o galo saiu voando do galinheiro, e, gritando que Archer fechasse a porta da cozinha para o quintal, a Sra. Flanders decidiu o cardápio, chamou as galinhas, lidou atabalhoadamente no pomar, e foi vista do outro lado da rua pela Sra. Cranch, que, batendo seu capacho contra a parede, suspendeu-o por um momento, enquanto comentava com a Sra. Page, da casa ao lado, que a Sra. Flanders estava com as galinhas no pomar.
A Sra. Page, a Sra. Cranch e a Sra. Garfit podiam ver a Sra. Flanders em seu pomar porque este fazia parte de Dods Hill; e Dods Hill dominava a aldeia. Não se pode descrever com palavras a importância de Dods Hill. Era a própria terra; o mundo contra o céu; o horizonte de tantas visões quantas podem ser computadas pelos que viveram toda a sua vida na mesma aldeia, deixando-a apenas uma vez para lutar na Crimeia, como o velho George Garfit, debruçado no portão de seu jardim, fumando cachimbo. O avanço do sol era medido por Dods Hill; e a tonalidade do dia tinha que contrastar com ela para ser avaliada.
– Agora ela está subindo a colina com o pequeno John – disse a Sra. Cranch à Sra. Garfit, sacudindo o capacho pela última vez e correndo atarefada para dentro de casa.
Abrindo o portão do pomar, a Sra. Flanders seguiu até o topo de Dods Hill, levando John pela mão. Archer e Jacob corriam à frente ou vagueavam atrás; mas já estavam na Fortaleza Romana quando ela chegou lá, e gritavam quais os navios que se podiam ver na baía.
Pois descortinava-se um panorama magnífico – atrás os pântanos, à frente o mar, e Scarborough inteira, de uma ponta a outra, estendendo-se plana como um quebra-cabeça. A Sra. Flanders, que estava engordando, sentou-se nas ruínas da fortaleza e olhou em torno.

Toda a gama das mudanças na paisagem devia ser sua conhecida; o aspecto hibernal, a primavera, o verão, o outono; as tempestades subindo do mar; os pântanos tremendo e iluminando-se quando as nuvens passavam por cima; devia ter notado a mancha vermelha onde estavam edificadas as *villas*; o zigue-zague de linhas onde estavam marcando os loteamentos; e a reverberação de diamante nas pequenas estufas de vidro ao sol. Ou, se detalhes como estes lhe escapavam, talvez ela extraísse prazer da coloração dourada do mar ao anoitecer, vendo esse ouro decompor-se em moedas que rutilavam nos seixos. Barquinhos de passeio boiavam dentro dele; o braço negro do quebra-mar o armazenava. Toda a cidade era rosa e ouro; ogival; brumosa; ressonante; estridente. Havia violões desafinando; a multidão de passantes cheirava a piche que grudava nos saltos dos sapatos; subitamente, cabras com seus carrinhos enveredavam pelos grupos adentro. Via-se que a Corporação tinha arrumado bem os canteiros de flores. Por vezes, o vento soprava pelos ares um chapéu de palha. Tulipas ardiam ao sol. Vários calções bufantes estendiam-se em fila. Toucas roxas orlavam rostos macios, rosados e tristes, sobre almofadas em cadeiras de rodas. Cartazes triangulares eram empurrados sobre rodinhas por homens de casacos brancos. O Capitão George Boase apanhara um tubarão-monstro. Um lado do cartaz comunicava isso em letras vermelhas, azuis e amarelas; e cada linha terminava em pontos de exclamação de três cores diferentes.

Então havia uma razão para descer ao Aquário, onde os estores amarelos, o cheiro decomposto de amônia, as cadeiras de bambu, as mesas com cinzeiros, os peixes sinuosos, a empregada tricotando atrás de seis ou sete caixas de chocolate (muitas vezes ela ficava praticamente sozinha com os peixes horas a fio) permaneciam na memória como parte do tubarão-monstro, ele próprio não passando de um receptáculo amarelo e flácido, uma bolsa vazia num tanque. Ninguém jamais se animara com o Aquário; mas os rostos dos que emergiam rapidamente perdiam sua expressão vaga e hirta ao perceberem que somente fazendo fila se entrava no quebra-mar. Vencendo as passagens de borboleta, todos andavam uma jarda ou duas com muita animação; uns instalavam-se nesta barraca; outros naquela. Mas era afinal a banda de música que os atraía, e também aos pescadores no molhe de baixo, colocando suas vozes na mesma tonalidade dela.

A banda tocava no Quiosque Mourisco. O cartaz anunciava o número nove. Uma valsa. As mocinhas pálidas, a velha viúva, os três judeus hospedados na mesma casa, o almofadinha, o major, o comerciante de cavalos e o cavalheiro que vivia de rendas, todos mostravam a mesma expressão difusa e entorpecida, e pelas fendas das tábuas a seus pés podiam ver as verdes ondas do verão balouçando tranquilas e doces em torno dos pilares de ferro do quebra-mar.

Houve um tempo em que nada disso existia (pensava o rapaz encostado à amurada). Fixem-se os olhos na saia da mulher; a cinzenta serve – por sobre as meias de seda cor-de-rosa. Ela vai mudando; cobre os tornozelos – os anos noventa; depois se alarga – os setenta; agora é de um vermelho queimado, esticada sobre uma crinolina – os sessenta; um diminuto pé preto em meias de algodão branco espia. Ainda sentada ali? Sim – ela ainda está no quebra-mar. Agora a seda está salpicada de rosas, mas de alguma forma já não a distinguimos bem. Não há mais quebra-mar debaixo de nossos pés. A pesada carruagem pode vir sacolejando pela estrada do pedágio, mas não há quebra-mar onde parar, e como é pardo e turbulento o mar do século XVII! Vamos ao museu. Balas de canhão; pontas de flecha; vidro romano e uma pinça, verde de azinhavre. O reverendo Jaspar Floyd os descobriu em escavações feitas por conta própria no começo dos anos quarenta no Campo Romano de Dods Hill – vê-se no papelzinho com escrita esmaecida.

E agora, o que mais vamos ver em Scarborough?

* * *

A Sra. Flanders estava sentada na elevação circular do Campo Romano, remendando os calções de Jacob; apenas erguia a vista quando molhava de saliva a ponta do fio de linha, ou quando algum inseto batia nela, zumbia em seu ouvido e partia. John corria por ali jogando no colo dela grama e folhas mortas, que chamava de 'chá', e ela as arranjava metodicamente, mas distraída, juntando as pontas floridas de capim, pensando que Archer ficara novamente acordado a noite passada; o relógio da igreja estava dez ou treze minutos adiantado; ela queria poder comprar a propriedade dos Garfits.

* * *

– Isso é uma pétala de orquídea, Johnny. Veja as manchinhas castanhas. Venha, querido. Temos de ir para casa. Ar-cher! Ja-cob!

– Ar-cher! Ja-cob! – pipilou Johnny imitando-a, girando nos saltos dos sapatos, espalhando grama e folhas que tinha nas mãos, como se estivesse semeando. Archer e Jacob pularam de trás do montinho em que estavam agachados com intenção de saltar sobre a mãe e assustá-la, e todos começaram a voltar lentamente para casa.

– Quem é aquele? – perguntou a Sra. Flanders protegendo os olhos com a mão.

– O velho na estrada? – disse Archer olhando para baixo.

– Não é um velho – respondeu a Sra. Flanders. – Ele é... Não, não é... Pensei que fosse o capitão, mas é o Sr. Floyd. Venham, meninos.

– Ora, o chato do Sr. Floyd! – disse Jacob, cortando uma ponta de cardo com um golpe, pois sabia que o Sr. Floyd ia dar-lhes aulas de latim, coisa que realmente veio a fazer durante três anos, em suas horas livres, apenas por bondade, pois não havia na vizinhança outro cavalheiro a quem a Sra. Flanders pudesse pedir tal coisa, e os meninos mais velhos já a tinham ultrapassado em conhecimentos e tinham de ser preparados para o colégio, e isso era mais do que a maioria dos clérigos teria feito, vir depois do chá ou recebê-las nos seus próprios aposentos – sempre que conseguia dar um jeito, pois a paróquia era muito grande e, como seu pai antes dele, o Sr. Floyd visitava *cottages** a milhas de distância, nos pântanos, e assim como o velho Sr. Floyd, era um grande erudito, o que tornava tudo absolutamente inverossímil – ela jamais sonhara com uma coisa dessas. Deveria ter adivinhado? Mas, além de ser erudito, ele era oito anos mais novo do que ela. Betty Flanders conhecia sua mãe – a velha Sra. Floyd. Tomava chá com ela. E foi na mesma noite em que voltava de um chá com a velha Sra. Floyd que encontrou no vestíbulo aquele bilhete e o levou para a cozinha quando foi entregar o peixe a Rebeca, pensando tratar-se de um aviso sobre os meninos.

– Foi o Sr. Floyd quem trouxe pessoalmente, não foi? Acho que o queijo deve estar no pacote, no vestíbulo, ah, no vestíbulo... – pois ela estava lendo. Não, não era a respeito dos meninos.

– Sim, certamente é o bastante para os bolos de peixe amanhã. Talvez o Capitão Barfoot... – Ela chegara à palavra 'amor'. Foi ao jardim e leu, recostada a uma nogueira para se firmar. Seu peito subia e descia. Seabrook apareceu nítido diante dela. Betty Flanders sacudiu a cabeça e olhava através das lágrimas as folhinhas balouçando contra o céu amarelo quando três gansos, meio correndo meio voando, dispararam pelo gramado com Johnny atrás a brandir uma vara.

* * *

A Sra. Flanders ficou vermelha de raiva.

– Quantas vezes já lhe disse? – gritou, agarrou-o e jogou fora a vara.

– Mas eles escaparam! – gritou o menino lutando para libertar-se.

– Você é um menino impossível. Eu lhe disse uma vez, disse milhares de vezes. *Não quero* você perseguindo os gansos! – E, amassando a carta do Sr. Floyd, segurou Johnny firmemente e tangeu os gansos de volta ao pomar.

---

* *Cottage*: típica moradia inglesa, casa térrea de campo ou subúrbio muitas vezes com telhado de palha. (N. da T.)

Como é que eu poderia pensar em casamento!, disse para si mesma, amargamente, enquanto prendia o portão com um pedaço de arame. Jamais gostara de homens de cabelo ruivo, pensou, lembrando a aparência do Sr. Floyd, naquela noite quando os meninos tinham ido para a cama. E, empurrando para o lado sua caixa de costura, puxou o mata-borrão para junto de si e releu a carta do Sr. Floyd, e seu peito subia e descia quando chegou à palavra "amor", mas não tão depressa dessa vez, pois via Johnny a perseguir gansos, e sabia que era impossível casar-se com quem quer que fosse, muito menos o Sr. Floyd, que era tão mais novo do que ela, mas um homem simpático e, além disso, erudito.

"Caro Sr. Floyd", escreveu. "Será que esqueci o queijo?", espantou-se, depondo a caneta. Não, dissera a Rebeca que o queijo estava no vestíbulo. "Estou muito surpresa...", escreveu.

Contudo, a carta que o Sr. Floyd encontrou na mesa ao acordar cedo na manhã seguinte não começava com "Estou muito surpresa", e era uma carta tão maternal, respeitosa, inconsequente, apreensiva, que ele a guardou por muitos anos; muito depois do seu casamento com a Sra. Wimbush, de Andover; muito depois que ele deixara a aldeia. Pois que solicitou uma paróquia em Sheffield, que lhe foi dada; e, mandando chamar Archer, Jacob e John para despedir-se, disse que escolhessem o que quisessem de seu gabinete, como lembrança dele. Archer escolheu um cortador de papel, porque não gostava de escolher coisas boas demais; Jacob escolheu as obras completas de Byron em um volume. John, ainda muito jovem para uma escolha apropriada, optou pelo gatinho do Sr. Floyd, o que seus irmãos consideraram um absurdo, mas o Sr. Floyd o defendeu quando o menino lhe disse:

– Ele tem pelo igual ao seu.

Então o Sr. Floyd falou sobre a Marinha Real (para onde Archer iria); e sobre o Rugby (para onde Jacob iria); e no dia seguinte ganhou uma bandeja de prata e partiu – primeiro para Sheffield, onde encontrou a Srta. Wimbush, que estava de visita ao tio, depois para Hackney – e então para Maresfield House, da qual se tornou diretor, e finalmente, como editor de uma série muito conhecida de Biografias Eclesiásticas, retirou-se para Hampstead com mulher e filha, e pode ser visto seguidamente alimentando patos em Leg of Mutton Pond. Quanto à carta da Sra. Flanders – quando ele a procurou recentemente, não conseguiu encontrá-la, e não quis perguntar à esposa se a guardara. Encontrando Jacob em Piccadilly há pouco tempo, reconheceu-o em três segundos. Mas Jacob crescera, tornando-se rapaz tão distinto, que o Sr. Floyd não quis interpelá-lo na rua.

* * *

– Meu Deus – exclamou a Srta. Flanders quando leu no *Scarborough and Harrogate Courier* que o Rev. Andrew Floyd etc. etc., se tornara diretor de Maresfield House – esse tem de ser o nosso Sr. Floyd.

Uma claridade baça descia sobre a mesa. Jacob servia-se de geleia; o carteiro falava com Rebeca na cozinha; uma abelha zumbia em torno da flor amarela que cabeceava na janela aberta. Todos estavam vivos, enquanto o pobre Sr. Floyd se tornava diretor de Maresfield House.

A Sra. Flanders ergueu-se, foi até o guarda-fogo da lareira e acariciou Topázio na nuca, atrás das orelhas.

– Pobre Topázio – disse (porque o gatinho do Sr. Floyd agora era um gato muito velho, um pouco de sarna entre as orelhas, e um dia desses teriam de matá-lo).

– Pobre, velho Topázio – disse a Sra. Flanders quando o gato se esticou ao sol; sorriu então, pensando em como o mandara castrar, e como achava feio cabelo ruivo em homens. Sorrindo ainda, voltou para a cozinha.

Jacob jogou um lenço bastante sujo sobre o rosto. E subiu as escadas para seu quarto.

Besouro morre devagar (era John quem colecionava besouros). Mesmo no segundo dia as pernas deles ainda se mostravam flexíveis. As borboletas, porém, estavam mortas. Um bafo de ovos podres liquidara as pálidas amarelas que vinham como doidas pelo pomar subindo para Dods Hill, depois dirigindo-se ao pântano, num momento ocultas atrás de um arbusto de tojo, noutro esvoaçando em desordem ao sol escaldante. Uma fritilária aquecia-se numa pedra branca do Campo Romano. Do vale subia o som dos sinos da igreja. Todos comiam rosbife em Scarborough àquela hora; pois era domingo quando Jacob apanhou as pálidas amarelas no campo de trevos, a oito milhas de casa.

Rebeca pegou na cozinha a mariposa cabeça-de-caveira. Um forte cheiro de cânfora saía das caixas de borboletas. Misturado ao cheiro de cânfora sentia-se o odor inconfundível de algas. Fitas fulvas pendiam da porta. O sol dava nelas em cheio.

As asas anteriores da mariposa que Jacob segurava estavam nitidamente marcadas por sinais amarelados em forma de rins. Mas não havia meia-lua na asa posterior. A árvore tombara na noite em que ele a apanhara. Subitamente tinham escutado uma série de tiros de pistola nas profundezas da mata. Sua mãe o tomara por um ladrão quando ele chegara tarde em casa. O único dos filhos que nunca obedecia, disse ela.

O *Morris* designava a mariposa como "um inseto muito local encontrado em lugares úmidos e pantanosos". Mas às vezes o *Morris* se engana. E Jacob, pegando uma caneta muito fina, de vez em quando fazia uma correção na margem do livro.

A árvore tombara, embora fosse noite sem vento, e a lanterna, pousada no chão, iluminara as folhas ainda verdes e as folhas já mortas da faia. Era um lugar seco. E a asa inferior vermelha girara em torno da luz, reverberara e sumira. A asa inferior vermelha não retornara mais, embora Jacob esperasse. Era depois das doze quando atravessou o relvado e viu a mãe no quarto iluminado, jogando paciência, ainda acordada.

– Mas como você me assustou! – exclamara. Já estava pensando que algo de terrível houvesse acontecido. Ainda por cima, acordara Rebeca, que tinha de levantar tão cedo.

Jacob ficou ali parado, pálido, emergindo do fundo das trevas, no quarto aquecido, piscando na luz.

Não, não podia ser uma de asa posterior com bordas cor de palha.

A máquina de ceifar estava sempre mal lubrificada. Barnet a dirigia debaixo da janela de Jacob, e ela rangeu – rangeu e matraqueou pelo gramado, e rangeu de novo.

Agora o céu se cobria de nuvens.

O sol voltou, ofuscando.

Caiu como um olho sobre Os estribos, depois, rápido mas ainda assim muito suave, pousou na cama, no despertador e na caixa aberta de borboletas. As pálidas amarelas tinham voado como doidas sobre o pântano, ziguezagueando através do campo de trevos roxos. As fritilárias exibiam-se ao longo das fileiras de cerca viva. As azuis instalavam-se sobre pequenos ossos que jaziam na turfa, e as damas-pintadas e as borboletas-pavão se banqueteavam com entranhas sangrentas que um falcão deixara cair. Milhas longe de casa, numa cova entre cardos debaixo de uma ruína, ele encontrara as poligônias. Vira uma almirante--branca girando mais e mais alto em torno de um carvalho, mas nunca a apanhara. A velha moradora de um *cottage*, que vivia sozinha bem no topo, contara-lhe de uma borboleta púrpura que vinha ao seu jardim todos os verões. E contou-lhe que os filhotes de raposa brincam nos tojos de manhãzinha. E, se a gente olhasse para fora ao amanhecer, poderia sempre ver dois texugos. Às vezes eles se dão socos como dois menininhos.

* * *

– Você não vai longe esta tarde, Jacob – comunicou sua mãe metendo a cabeça pela porta – porque o capitão vem dizer adeus. – Era o último dia das férias de Páscoa.

* * *

Quarta-feira era o dia do Capitão Barfoot. Ele se vestia muito bem, de sarja azul, pegava a bengala com ponta de borracha – pois era manco, e faltavam dois dedos de sua mão esquerda, perdidos em combate pela pátria – e saía de casa com seu bastão exatamente às quatro da tarde.

Às três, o Sr. Dickens, o homem encarregado da cadeira de rodas, vinha ver a Sra. Barfoot.

– Mova a minha cadeira – diria ela ao Sr. Dickens depois de sentar-se na esplanada por quinze minutos. E em seguida: – Assim está bem, Sr. Dickens. – Ao primeiro comando ele procuraria o sol; ao segundo deixaria a cadeira na faixa de claridade.

Sendo ele próprio um velho morador da aldeia, tinha muito em comum com a Sra. Barfoot – filha de James Coppard. O bebedouro onde a West Street se encontra com a Broad Street é presente de James Coppard, que foi prefeito ao tempo do jubileu da Rainha Vitória, e Coppard está retratado nas carretas de água, por cima de vitrines de lojas, e nas persianas de zinco em janelas de escritórios de advogados. Contudo, Ellen Barfoot jamais visitara o Aquário (embora tivesse conhecido muito bem o Capitão Boase, que apanhou o tubarão) e, quando os homens passavam com cartazes, olhava-os com desdém, pois sabia que nunca veria os pierrôs, os irmãos Zeno, ou Daisy Budd e sua trupe de focas amestradas. Pois Ellen Barfoot em sua cadeira de rodas na esplanada era uma prisioneira – uma prisioneira da civilização –, todas as grades de sua jaula caindo oblíquas na esplanada em dias de sol, quando a Prefeitura, as lojas de tecidos, a piscina e o Memorial Hall riscavam o chão de sombras.

Sendo ele próprio um velho morador, o Sr. Dickens ficaria em pé um pouco atrás dela, fumando seu cachimbo. Ela lhe faria perguntas – quem eram as pessoas – quem cuidava agora da loja do Sr. Jones – ou sobre a estação – e se a Sra. Dickens tentara não importa o quê – palavras brotando de seus lábios como migalhas de biscoito seco.

Ela cerrou os olhos. O Sr. Dickens foi dar uma volta. As emoções de homem não o tinham abandonado inteiramente, embora, vendo-o aproximar-se, a gente notasse uma batina preta abotoada cambaleando diante da outra; uma sombra entre o colete e as calças; e ele avançava inseguro, como um cavalo velho subitamente desatrelado dos varais, sem carroça para puxar. Mas, enquanto o Sr. Dickens tragava e soprava outra vez a fumaça, em seus olhos se notavam as emoções de homem. Pensava em como agora o Capitão Barfoot se dirigia para Mount Pleasant; o Capitão Barfoot, seu patrão. Pois em casa, na saleta por cima das estrebarias com o canário na janela e as mocinhas na máquina de costura, e a Sra. Dickens entre os reumáticos – em casa, onde lhe davam pouca importância, a ideia de ser empregado do Capitão Barfoot o sustentava. Gostava de pensar que, enquanto conversava com a Sra. Barfoot na frente de casa, estava ajudando o capitão a ir ao encontro da Sra. Flanders. Ele, um homem, cuidava da Sra. Barfoot, uma mulher.

Voltando-se, viu que ela conversava com a Sra. Rodgers. Voltando-se outra vez, notou que a Sra. Rodgers se afastara. Então regressou para junto da cadeira de rodas, e a Sra. Barfoot lhe perguntou as horas, e ele tirou seu grande relógio de prata e disse as horas, muito solícito, como se soubesse muito mais do que ela a respeito da hora e de todas as coisas. A Sra. Barfoot, porém, sabia que o Capitão Barfoot estava indo ao encontro da Sra. Flanders.

* * *

Na verdade ele se dirigia para lá, tendo saído do bonde, e vendo Dods Hill a sudeste, verdejando contra um céu azul difuso pela cor da poeira no horizonte. Ele escalava a colina. Apesar de manco, havia algo de militar na sua maneira de aproximar-se. Saindo do portão da Reitoria, a Sra. Jarvis o viu chegar, e seu cão terra-nova, Nero, abanou o rabo de um lado para outro.

– Oh, Capitão Barfoot! – exclamou a Sra. Jarvis.

– Bom dia, Sra. Jarvis – disse o capitão.

Andaram juntos, e, quando chegaram ao portão da Sra. Flanders, o Capitão Barfoot tirou o boné de *tweed* e curvando-se muito cortês, disse:

– Tenha um bom dia, Sra. Jarvis. E deixou-a sozinha.

Ela tencionava passear pelo pântano. Estivera mais uma vez andando pelo seu gramado tarde da noite? Tamborilara outra vez na janela fechada, exclamando:

– Olhe a lua, olhe a lua, Herbert!

E Herbert olhava a lua.

Quando se sentia infeliz, a Sra. Jarvis passeava pelo pântano, alcançando uma certa ravina em forma de pires, embora sempre quisesse seguir até um cume mais distante; lá sentava-se tirando de baixo da capa o livrinho escondido, lendo algumas linhas de poesia, olhando em torno. Não era muito infeliz; como já tivesse quarenta e cinco anos, talvez nunca chegasse a ser muito infeliz, quer dizer, desesperadamente infeliz, e abandonar o marido, e arruinar a carreira de um bom homem, como por vezes pensava fazer.

Não é preciso dizer que riscos uma esposa de clérigo assumia ao andar sozinha pelo pântano. Baixa, morena, olhos acesos, uma pena de faisão no chapéu, a Sra. Jarvis era exatamente o tipo de mulher capaz de perder a fé de tanto andar pelo pântano – confundindo Deus com o universo –, mas ela não perdia a fé, não abandonava o marido, jamais lia seu poema até o fim, e continuava a passear pelo pântano, olhando a lua através dos olmos, e sentindo, quando sentava na relva bem acima de Scarborough... Sim, sim, quando a cotovia voa alto; quando, movendo-se um passo ou dois à frente, as ovelhas comem a turfa e fazem soar os cincerros; quando a brisa começa a soprar e depois morre, deixando o rosto beijado; quando os barcos no mar abaixo parecem se atravessar uns aos outros e passam dirigidos por uma mão invisível; quando há estrondos ao longe no ar, cavaleiros fantasmas galopando, depois de repente cessando; quando o horizonte flutua, azul, verde, comovido – então, com um suspiro, a Sra. Jarvis pensava consigo mesma, "se ao menos alguém pudesse me dar... se eu pudesse dar a alguém...". Mas ela não sabe o que deseja dar, nem quem poderia dá-lo a ela.

* * *

– A Sra. Flanders saiu faz poucos minutos, capitão – disse Rebeca. O Capitão Barfoot sentou-se para esperar. Descansando os cotovelos nos braços da poltrona, colocando uma mão sobre a outra, estendendo a perna manca, e pondo ao lado dela a bengala com ponta de borracha, ficou sentado absolutamente imóvel. Havia nele algo de rígido. Estaria refletindo? Provavelmente os mesmos pensamentos, outra vez e sempre. Mas seriam pensamentos "bons", pensamentos interessantes? Era um homem de caráter; tenaz e fiel. Mulheres teriam sentido "Aqui há lei. Aqui existe ordem. Precisamos valorizar esse homem. Ele estará na ponte do navio esta noite", e, passando-lhe a xícara ou o que fosse, entregar-se-iam a visões de naufrágio e desastre, em que todos os passageiros sairiam cambaleando das cabines, e lá estaria o capitão, abotoando a jaqueta, lutando com a tempestade, vencido por ela mas por ninguém mais. "Mas eu tenho uma alma", refletiria a Sra. Jarvis quando subitamente o capitão assoasse o nariz no seu grande lenço colorido, "e é a estupidez desse homem que causa tudo isso, e a tempestade é tão minha quanto dele"... era assim que a Sra. Jarvis refletiria quando o capitão entrasse para visitá-los e encontrasse Herbert fora de casa, e passasse duas ou três horas quase em silêncio na poltrona. Betty Flanders, porém, não pensava em nada parecido.

* * *

– Oh, capitão – disse a Sra. Flanders entrando precipitadamente na sala. – Tive de procurar o homem do Barker... Espero que Rebeca... Espero que Jacob...

Estava muito ofegante, mas não muito aborrecida; quando depôs a escova para lareira que comprara do vendedor de óleo, comentou que estava quente, abriu mais a janela, alisou uma toalha, pegou um livro, como se se sentisse muito confiante, muito encantada com o capitão, e muitos anos mais nova do que ele. Com efeito, no avental azul, não parecia ter mais de trinta e cinco. Ele estava bem além dos cinquenta.

Ela moveu as mãos sobre a mesa; enquanto Betty seguia tagarelando, o capitão mexia a cabeça de um lado para outro, emitindo pequenos ruídos, perfeitamente à vontade – depois de vinte anos.

– Bem – disse ele finalmente –, tive notícias do Sr. Polegate.

O Sr. Polegate lhe dissera que não podia aconselhar nada melhor do que mandar um rapaz a uma das universidades.

– O Sr. Floyd esteve em Cambridge... Não, Oxford... Bem, uma das duas – disse a Sra. Flanders.

E olhou pela janela. Janelinhas e lilases e o verde do jardim refletiram-se em seus olhos.

– Archer está indo muito bem – disse. – Tive informações muito boas, pelo Capitão Maxwell.

– Deixarei a carta aqui, para que a mostre a Jacob – disse o capitão, recolocando-a desajeitadamente no envelope.

– Jacob está caçando borboletas, como sempre – disse a Sra. Flanders irritada, mas surpresa com um súbito pensamento. – Naturalmente o críquete começa na semana que vem.

– Edward Jenkinson entregou sua demissão – disse o Capitão Barfoot.

– Então o senhor vai presidir o Conselho? – exclamou a Sra. Flanders olhando-o abertamente no rosto.

– Bem, quanto a isso... – começou o Capitão Barfoot, ajeitando-se mais fundo na poltrona.

* * *

Assim Jacob Flanders foi para Cambridge em outubro de 1906.

3

— Esse não é um vagão de fumantes – protestou a Sra. Norman nervosamente, mas em tom bastante débil, quando a porta abriu e um rapaz grandalhão saltou para dentro. Ele pareceu não ouvir. O trem não pararia antes de Cambridge, e ali se achava ela trancada sozinha num vagão com um rapaz.

Ela tocou o fecho da frasqueira, assegurando-se de que o vidrinho de perfume e o romance de Mudie se encontravam à mão (o rapaz estava de costas para ela, em pé, e colocara a mala no bagageiro). Decidiu que atiraria o vidro de perfume com a mão direita, e com a esquerda puxaria o fio do alarme. Tinha cinquenta anos de idade, e um filho na universidade. Mesmo assim, é fato que homens são muito perigosos. Leu meia coluna do seu jornal; depois espiou secretamente por cima da folha para decidir o problema da segurança pelo infalível teste da aparência... Gostaria de oferecer-lhe o jornal. Mas será que rapazes liam o *Morning Post?* Olhou para ver o que ele estava lendo – era o *Daily Telegraph.*

Observando as meias dele (frouxas), a gravata (desbotada), chegou mais uma vez ao seu rosto. Deteve-se na boca. Lábios cerrados. Os olhos baixos, pois ele estava lendo. Tudo firme mas juvenil, indiferente, inconsciente – capaz de abater alguém? Não, não,

não! Ela olhou pela janela, sorrindo de leve, agora, depois voltou, pois ele não a notara. Grave, inconsciente... agora ele ergueu o olhar, mas sem fitá-la... parecia tão deslocado sozinho com uma senhora idosa... depois fixou os olhos – de um azul aguado – na paisagem. Ela pensou que o rapaz nem percebera sua presença. Mas não era culpa *dela* que aquele não fosse um vagão de fumantes – se era isso que ele queria demonstrar.

Ninguém vê ninguém tal qual é – exceto uma senhora idosa sentada diante de um estranho num vagão de trem. As pessoas veem um todo – veem toda sorte de coisas – veem a si mesmas... Agora a Sra. Norman leu três páginas de um dos romances do Sr. Norris. Deveria dizer ao rapaz (afinal ele tinha a mesma idade do filho dela): "Se quer fumar, não se preocupe comigo"? Não: ele parecia absolutamente indiferente à sua presença... Ela não quis interromper.

Contudo, uma vez que, mesmo na sua idade, magoava-se com a indiferença dele, seria de se presumir que, de uma forma ou de outra – ao menos para ela o rapaz era simpático, bonito, interessante, distinto, de boa aparência, como seu próprio filho? Temos de fazer o melhor que pudermos com o relatório dela. De qualquer modo, aquele era Jacob Flanders, dezenove anos. Não adianta tentar classificar pessoas. É preciso seguir alusões, não exatamente o que é dito, nem inteiramente o que é feito – por exemplo, quando o trem entrou na estação, o Sr. Flanders abriu a porta num arranco, pegou a frasqueira para ela, dizendo, ou antes resmungando: "Permita", muito timidamente; na verdade, fazia-o de modo bastante constrangido.

– Quem... – disse a senhora ao encontrar o filho; mas havia uma multidão na plataforma, e Jacob já se fora quando ela ainda não concluíra a frase. Como ali fosse Cambridge, como fosse ficar por três semanas, como não visse senão rapazes o dia todo, nas ruas e ao redor das mesas, a visão daquele companheiro de viagem perdeu-se totalmente em sua memória, como um alfinete de segurança que uma criança joga na fonte dos desejos, rodopia na água e some para sempre.

Dizem que o céu é o mesmo por toda parte. Viajantes, náufragos e exilados buscam conforto nessa ideia, inclusive consolo, se forem de temperamento místico, e até explicação, revelação da superfície indevassada. Mas, por cima de Cambridge – ao menos sobre o telhado da capela do King's College –, há algo diferente. No mar, uma cidade grande lançará claridade para o céu. Será por acaso fantasia imaginar o céu inundando as frestas da capela de King's College, mais claro, mais tênue, mais cintilante do que o céu em outro lugar qualquer? Cambridge não arde apenas de noite, mas também durante o dia?

Como tatalam aéreas as vestes deles quando passam para a cerimônia, como se dentro delas não houvesse nada denso nem corpóreo. Que faces esculpidas, que segurança, que autoridade controlada pela piedade, embora sob esses trajes haja grandes botas em marcha. Como é ordenada a procissão em que avançam. Grossas velas de cera, eretas; rapazes erguem-se em trajes alvos, enquanto a águia servil sustenta para inspeção o grande livro branco.

Um plano inclinado de luz entra nítido através de cada janela, púrpura e amarelo mesmo em meio à poeira difusa, e, quando nelas se fragmenta, as pedras são docemente marcadas em vermelho macio, amarelo e roxo. Nem a neve nem as folhagens, inverno ou verão, têm poder sobre esse vidro antigo e colorido. Tal como o bojo de um lampião protege a chama de modo que ela arda firme até na noite mais tempestuosa – arda firme e ilumine gravemente os troncos das árvores –, assim tudo é ordenado dentro da capela. As vozes soavam graves; o órgão respondia sabiamente, como se confirmasse a fé humana a sancionar os elementos. As figuras de branco cruzavam de um lado para outro; ora subindo degraus, ora descendo, tudo ordenadamente.

... Se alguém instala um lampião debaixo de uma árvore, cada inseto da floresta se arrastará até ele – curiosa assembleia, pois, embora rastejem e esvoacem e batam suas cabeças no vidro, parecem não ter objetivo algum – uma coisa sem sentido os inspira. A gente se cansa de observá-los a se moverem lentos em torno da lanterna, batendo nela cegamente, como se quisessem entrar, um grande sapo parecendo o mais atordoado de todos, a abrir caminho com os ombros entre os demais. Mas, que é isso? Uma assustadora saraivada de tiros de pistola – agudos estalos; uma ondulação se espraia – o silêncio baixa suave sobre o ruído. Uma árvore – uma árvore tombou, uma espécie de morte na floresta. Depois, o vento sopra melancólico no arvoredo.

Mas essa cerimônia na capela do King's College – por que permitir que mulheres tomem parte? Certamente, se o pensamento começa a vaguear (Jacob parecia extraordinariamente ausente, cabeça para trás, livro de hinos aberto na página errada), se o pensamento vagueia, é porque naquelas cadeiras com assentos de palhinha se espalham várias lojas de chapéus e armários e mais armários de vestidos coloridos. Embora cabeças e corpos possam ser bastante devotos, tem-se uma noção das individualidades – algumas gostam de azul, outras de marrom; estas de plumas, aquelas de amores-perfeitos ou miosótis. Pois, embora um cão fique muito bem num caminho de cascalhos e não falte com respeito às flores, quando anda por uma nave, olhando, erguendo uma pata e chegando perto de um pilar com um objetivo que faz o sangue gelar de horror (se você for membro da congregação – a timidez, aqui, não vem ao caso), um cão estragará a cerimônia por completo. Assim também é com essas mulheres – ainda que devotas se consideradas separadamente, distintas, com sua posição assegurada pela teologia, a matemática, o latim e o grego dos maridos. Deus sabe por que é assim. Primeiro, pensou Jacob, porque são feias como o pecado.

Agora ouvia-se arrastar de pés e murmúrio. Ele encontrou o olhar de Timmy Durrant; fitou-o firme; e então, solenemente, deu uma piscadela.

* * *

Waverley chamava-se a *villa* na estrada para Girton, não que o Sr. Plumer admirasse Scott ou tivesse escolhido um nome, mas nomes são úteis quando é preciso entreter universitários, e, enquanto estavam sentados aguardando o quarto colega na hora do almoço de domingo, falavam sobre nomes inscritos por cima de portões.

– Que coisa cansativa – interrompeu a Sra. Plumer impulsivamente. – Alguém aqui conhece o Sr. Flanders?

O Sr. Durrant conhecia; por isso corou um pouco, e embaraçado disse algo sobre ter certeza de que – olhava o Sr. Plumer e repuxava a perna direita da calça ao falar. O Sr. Plumer ergueu-se, ficou parado diante da lareira. A Sra. Plumer emitiu uma risada de amigo franco e amável. Em suma, não se pode imaginar cena mais horrível, o ambiente, a paisagem, mesmo com o jardim de maio afligido pela fria esterilidade, e uma nuvem escolhendo aquele instante para atravessar-se na frente do sol. Havia um jardim, claro. Todo mundo olhou para ele no mesmo momento. Devido à nuvem as folhas encresparam-se, cinzentas, e os pardais... Havia dois pardais.

– Eu acho – disse a Sra. Plumer, tirando vantagem do súbito intervalo enquanto os rapazes olhavam o jardim, para fitar o marido, e ele, embora sem aceitar a plena responsabilidade pelo que fazia, tocou a sineta.

Não pode haver desculpa por esse ultraje a uma hora na vida humana, exceto a reflexão que ocorreu ao Sr. Plumer, enquanto cortava o carneiro, de que, se nenhum deão jamais oferecesse um almoço, se domingo após domingo se passasse, homens se diplomassem, se tornassem advogados, médicos, membros do Parlamento, homens de negócios – se jamais deão algum oferecesse um almoço...

– Então, é o carneiro que faz o molho de hortelã, ou é o molho de hortelã que faz o carneiro? – perguntou a um rapaz perto dele, a fim de romper o silêncio que já durava cinco minutos e meio.

– Não sei, senhor – respondeu o rapaz, corando intensamente. Nesse momento chegou o Sr. Flanders. Perdera a hora.

Então, embora tivesse terminado de comer a carne, a Sra. Plumer serviu-se novamente de repolho. Jacob, naturalmente, decidiu que comeria a sua carne no tempo que ela levasse para terminar o repolho, olhando só uma vez ou duas para calcular o ritmo dela – mas estava com uma fome infernal. Vendo isso, a Sra. Plumer disse que estava certa de que o Sr. Flanders não repararia – e trouxeram a torta. Balançando a cabeça de um jeito peculiar, ordenou à criada que servisse ao Sr. Flanders uma segunda porção de carneiro. Deu uma olhada na carne. Não sobraria pernil suficiente para o jantar.

Não era culpa dela – pois como poderia ter controlado o fato de seu pai a conceber quarenta anos atrás nos subúrbios de Manchester? E uma vez concebida, como teria podido fazer outra coisa senão crescer sovina, ambiciosa, com uma noção instintivamente apurada dos degraus da ascensão social, e uma assiduidade de formiga em empurrar George Plumer à sua frente, para o alto dessa escada? O que havia no alto da escada? Havia uma impressão de que aparentemente todos os degraus ficavam abaixo da gente; desde a época em que George Plumer se tornara professor de física, ou do que quer que fosse, a Sra. Plumer só podia agarrar firme essa dignidade, olhar para baixo, e incitar suas duas modestas filhas a escalarem os tais degraus.

– Estive ontem nas corridas com minhas duas filhinhas – disse.

Elas também não tinham culpa. Ambas entraram na saleta com roupas brancas e faixas azuis na cintura. Ofereceram cigarros. Rhoda herdara os frios olhos cinzentos do pai. George Plumer tinha frios olhos cinzentos, mas neles habitava uma luz abstrata. Era capaz de falar na Pérsia e nos Ventos Alíseos, no Projeto da Reforma e no Ciclo das Colheitas. Havia livros de Wells e Shaw em suas estantes; sobre a mesa, semanários baratos, escritos por homens pálidos de botinas sujas – rangidos e choramingos hebdomadários de cérebros enxaguados em água fria e torcidos para secar – jornais muito melancólicos.

– Parece que não sei a verdade sobre coisa alguma, se não tiver lido esses dois! – disse a Sra. Plumer em tom brilhante, batendo no índice com a mão vermelha e nua, na qual o anel parecia tão incongruente.

– Oh Deus, oh Deus, oh Deus! – exclamou Jacob quando os quatro estudantes saíram da casa. – Oh meu Deus!

* * *

– Abominável! – disse ele, olhando a rua em busca de lilases ou de uma bicicleta, qualquer coisa que lhe restaurasse o sentimento de liberdade.

– Abominável! – disse a Timmy Durrant, resumindo o desconforto que o mundo lhe provocara na hora do almoço, um mundo capaz de existir – sem dúvida –, mas absolutamente desnecessário, tão difícil de se acreditar – Shaw e Wells e aqueles semanários baratos e sérios! O que é que pretendiam essas pessoas mais velhas, esfregando e demolindo? Jamais tinham lido Homero, Shakespeare e os elisabetanos? Via tudo claramente delineado contra as sensações que extraía da sua própria juventude e naturais inclinações. Os pobres diabos tinham inflacionado o preço daquele objeto tão precário. Ainda assim, sentia algo parecido com piedade. Aquelas pobres menininhas...

A extensão da sua perturbação prova o quanto já andava inquieto. Era insolente, inexperiente; sem dúvida, porém, as cidades que os mais antigos da raça construíram sobre o horizonte apareciam como subúrbios de tijolo, casernas, lugares de disciplina contra uma labareda amarela e rubra. Ele era impressionável; mas esse adjetivo é contrariado pela postura com que fechava a mão em concha para abrigar um fósforo. Era um rapaz de substância.

De qualquer modo, fosse universitário ou empregado de loja, homem ou mulher, devia ser um choque aos vinte anos – o mundo dos mais velhos –, esboçado num contorno tão negro sobre aquilo que somos; sobre a realidade; os pântanos e Byron; o mar e o farol; o maxilar de ovelha com dentes amarelos; a convicção obstinada e invencível que torna a juventude tão insuportavelmente desagradável – "Eu sou o que sou, e pretendo ser exatamente isso" –, para a qual não haverá forma no mundo exceto se Jacob criar a sua. Os Plumers tentarão evitar que o faça; Wells e Shaw e os semanários sérios e baratos estarão no topo. Cada vez que almoçar fora no domingo – em jantares e chás – haverá esse mesmo choque – horror – desconforto – depois prazer, porque a cada passo, enquanto caminha ao longo do rio, ele haure uma tal segurança, tal tranquilidade de todos os lados, as árvores curvando-se, os cones cinzentos e macios no azul, sopros de vozes parecendo suspensos no ar, o ar primaveril de maio, o ar elástico com suas partículas – flores de castanheiro, pólen, o que quer que esteja dando ao ar de maio essa potência, manchando as árvores, dando seiva aos botões, reforçando o verde. E também o rio passa, não numa torrente rápida, mas sugando o remo que nele submerge e transpira alvas gotas da pá flutuando verde e profunda sobre os juncos vergados como se os acariciasse devagar.

    As árvores deitavam seus ramos no ponto em que amarraram o barco, de modo que as folhas das pontas dos ramos arrastavam-se nas ondas, e a quilha verde na água, feita de folhas, movia-se com efeitos de folhagem, como também as folhas reais se movem. Agora, um arrepio de vento – por um instante, uma orla do céu; e, enquanto comia cerejas, Durrant deixava cair na quilha verde de folhas as frutas amarelas e raquíticas, caules tremendo quando serpeavam para dentro e para fora, e por vezes uma cereja mordida mergulharia rubra naquele verdor. Quando Jacob se deitou para trás, a campina ficou ao nível de seus olhos, iluminada pelos botões-de-ouro. A relva, porém, não corria como a tênue água verde da grama do cemitério, quase cobrindo as sepulturas; ela estacionava, densa e seivosa. Olhando para cima e para trás, ele via pernas de crianças afundadas na relva, e pernas de vacas. Rac, rac, ouvia; depois um passo curto na grama; e novamente rac, rac, rac, quando arrancavam a grama rente às raízes. À frente dele, duas borboletas brancas circulavam cada vez mais alto em torno do olmo.

    Jacob está desligado, pensou Durrant erguendo os olhos de seu romance. Lia mais umas páginas, depois erguia, tirava algumas cerejas do saco de papel e as comia distraído. Outros barcos passavam por eles cruzando a água parada para se desviarem uns dos outros, pois agora havia muitos atracados, e numa coluna de ar entre duas árvores viam-se vestidos brancos e uma mancha redonda com uma sinuosa listra azul – o piquenique de Lady Miller. Mais barcos chegavam e sem se levantar Durrant dirigiu o seu para mais perto da margem.

– Ooooh! – resmungou Jacob quando o bote oscilou e as árvores oscilaram e os vestidos brancos e as calças de flanela branca oscilaram longas e ondulantes na ribanceira.

– Ooooh! – ele sentou-se e teve a impressão de que um pedaço de elástico lhe atingira o rosto.

* * *

– São amigos de minha mãe – disse Durrant. Ao que vejo, o velho lobo do mar não para de se preocupar com seu barco.

O tal barco tinha ido de Falmouth à Baía de St. Ives, rodeando a costa toda. Durrant disse que no caso deles se tratava de um outro barco, maior, um iate de dez toneladas, bem equipado, a sair por volta do dia 15 de junho.

– Mas há o problema do dinheiro – comentou Jacob.

– Minha família vai cuidar disso – retrucou Durrant (filho de um banqueiro já falecido).

– Pretendo manter minha independência econômica – declarou Jacob formalizado. (Estava ficando nervoso.) – Minha mãe disse qualquer coisa sobre ir a Harrogate – comentou um pouco aborrecido, apalpando o bolso onde guardava suas cartas.

– O que existe de verdade nessa história do seu tio se tornar maometano? – perguntou Timmy Durrant.

Jacob contara a história do seu tio Morty, na noite anterior, no quarto de Durrant.

– Espero que ele esteja alimentando os tubarões, se a verdade for conhecida – disse Jacob. – Ei, Durrant, não sobrou nenhuma! – exclamou, remexendo no saco de papel que continha cerejas e jogando-o no rio. Enquanto o atirava, avistou o grupo de piquenique de Lady Miller.

Uma espécie de constrangimento, irritação, melancolia, desvendou-se em seus olhos.

– Vamos sair daqui... Esse bando abominável... E seguiram em frente, passando além da ilha.

* * *

A penugenta lua branca não deixava o céu escurecer por inteiro; por toda a noite as flores do castanheiro alvejaram no verde; a cicutária escurecia os prados.

Os garçons do Trinity deviam estar embaralhando pratos como cartas de jogo, pelo ruído que se podia ouvir em Great Court. Mas os aposentos de Jacob eram em Neville's Court; bem no topo; de modo que se chegava um pouco ofegante à sua porta; ele, porém, não estava em casa. Jantando no Hall provavelmente. Tudo está bastante escuro em Neville's Court, antes da meia-noite, só os pilares do outro lado se mostrarão sempre brancos, e as fontes. O portão surte um efeito estranho, como renda sobre o verde-pálido. Ouvem-se os pratos até da janela; um murmurejar de conversas também, de pessoas jantando; o Hall iluminado, as portas giratórias abrindo e fechando com uma batida suave. Alguns retardatários.

O quarto de Jacob tinha uma mesa redonda e duas cadeiras baixas. Havia lírios amarelos numa jarra sobre a lareira; uma fotografia de sua mãe; cartões de diversas sociedades com pequenas meias-luas, brasões, iniciais; bilhetes e cachimbos; sobre a mesa, papel pautado com margem vermelha – sem dúvida, uma dissertação: "A História consistirá em biografias de grandes homens?". Mas havia muitos livros; poucos franceses; qualquer pessoa de algum valor lê apenas o que aprecia, conforme seu estado de alma, com imenso entusiasmo. Vidas do Duque de Wellington, por exemplo; Spinoza; as obras de Dickens; o *Faery Queen*; um dicionário de grego com pétalas de papoulas comprimidas em seda nas páginas; todos os elisabetanos. Os chinelos dele eram incrivelmente cambaios, como barcos queimados na beira da água. Depois, havia fotos dos gregos, uma gravura de Sir Joshua – tudo muito inglês. As obras de Jane Austen também, talvez por deferência ao gosto de outra pessoa. Carlyle fora um prêmio. Havia muitos livros sobre pintores italianos da Renascença, um *Manual de Enfermidades de Equinos*, e todos os livros-texto de costume. O ar num quarto vazio é lânguido, mal inflando a cortina; as flores fenecem no vaso. Uma fibra da cadeira de balanço estala, embora não haja ninguém sentado nela.

* * *

Descendo os degraus um pouco de lado [Jacob sentava-se no banco da janela, conversando com Durrant; fumava, e Durrant olhava o mapa], o velho, mãos nas costas, roupa negra tatalando, cambaleava inseguro junto da parede; depois subiu para seu quarto. Depois outro, que ergueu a mão e elogiou as colunas, o portão, o céu; outro ainda, em passinhos curtos e afetados. Cada um subia por uma escada; três luzes foram acesas nas janelas escuras.

Se há luz ardendo por cima de Cambridge, tem de ser em três quartos desses; aqui ardem os gregos; ali, ciência; filosofia no andar térreo. O pobre velho Huxtable não consegue andar em linha reta; Sopwith também louvou o céu todas as noites nesses vinte anos; e Cowan ainda dá suas risadinhas por causa das mesmas histórias. Não é simples nem pura nem inteiramente esplêndida a lâmpada do conhecimento, pois, vendo-os ali, debaixo da sua luz (não importa se há na parede um Rossetti, ou uma reprodução de Van Gogh, ou se há lilases na jarra, ou velhos cachimbos), como parecem clericais! Como tudo semelha um desses subúrbios aonde se vai para ver uma paisagem e comer um bolo especial! "Somos os únicos a fornecer esse tipo de bolo." E volta-se a Londres porque a brincadeira acabou.

O velho professor Huxtable, mudando de roupa, metódico como um relógio, sentou-se na cadeira; encheu o cachimbo; escolheu o papel; cruzou os pés; tirou os óculos. Então toda a carne do seu rosto desabou em dobras, como se tivessem removido as estacas de sustentação. Mas, arranquem toda uma fila de assentos de um vagão do metrô, e eles caberão ordenados na cabeça de Huxtable. Agora mesmo, enquanto seus olhos descem pelas letras impressas, uma procissão anda pelos corredores do seu cérebro, em ordem, a passos rápidos, até que todo o salão, abóbada, ou não importa o quê, estejam povoados de ideias. Em nenhum outro cérebro acontece um tal desfile. Outras vezes, no entanto, ficará sentado ali horas a fio, agarrado ao braço da cadeira como um homem segurando-se firme porque naufragou, e então, apenas porque seu calo dói ou talvez o reumatismo, que abominação, meu Deus, ouvi-lo falar em dinheiro, pegar a carteira de couro e resmungar por causa da mais insignificante moeda de prata, fechado em si e cheio de suspeitas como uma velha camponesa com todas as suas mentiras. Estranha paralisia e constrição – maravilhosa iluminação. Serena por cima disso tudo cavalga a grande sobrancelha densa, e, quando ele dorme, ou nos espaços quietos da noite, pode-se imaginá-lo jazendo triunfalmente sobre uma almofada de pedra.

* * *

Entrementes, avançando da lareira, num curioso andar oscilante, Sopwith corta o bolo de chocolate. Até meia-noite ou mais haveria universitários em seu quarto, às vezes doze, outras três ou quatro; mas ninguém se levantava quando saíam ou chegavam; Sopwith continuava falando. Falando, falando, falando – como se tudo pudesse ser falado –, a própria alma esgueirando-se de seus lábios em tênues discos argênteos, que se dissolviam nas mentes dos jovens, como prata, como luar. Ah, bem mais tarde se recordariam disso e, num profundo embotamento, voltariam para lá o olhar, renovando-se.

– Bom, eu nunca. Eis aí o velho Chucky. Meu caro rapaz, como vai a vida? – E o pobre, pequeno Chucky entrava, o provinciano fracassado, sendo Stenhouse o seu verdadeiro nome, mas, naturalmente, usando o outro, Sopwith evocava tudo aquilo, tudo, "tudo o que eu jamais poderei ser" – sim, embora no dia seguinte, comprando o jornal e apanhando o primeiro trem, tudo lhe parecesse absurdo e infantil; o bolo de chocolate, os rapazes; Sopwith repetindo coisas; não, de modo algum; ele haveria de mandar seu filho para lá. Economizaria cada centavo para mandar seu filho para lá. Sopwith não parava de falar; urdindo as rijas fibras de uma linguagem desajeitada – coisas que os rapazes diziam sem refletir –, depois as colocava em pregas em torno da sua própria guirlanda flexível, mostrando o lado luminoso, os verdes intensos, os espinhos agudos, a virilidade. Ele amava isso. Na verdade, um homem podia dizer qualquer coisa a Sopwith, talvez até quando ele se tornasse velho ou decadente, descendo fundo, quando os discos argênteos soassem ocos e a inscrição fosse lida com demasiada simplicidade, e a velha estampa parecesse pura demais, a ilustração sempre a mesma – a cabeça de um menino grego. Mas ele, ainda então, seria respeitado. Uma mulher, porém, adivinhando o sacerdote, involuntariamente o desprezaria.

Cowan, Erasmus Cowan, bebericava seu vinho do Porto, sozinho ou com um homenzinho rosado, cuja memória abrangia exatamente o mesmo lapso de tempo; bebericava o seu porto e contava suas histórias e, sem livro à frente, entoava latim, Virgílio e Catulo, como se a linguagem fosse vinho em seus lábios. Mas – isso às vezes nos ocorre –, e se o poeta entrasse? "É *esta* a minha imagem?", poderia perguntar, apontando para o homem gorducho cujo cérebro, afinal de contas, é o representante de Virgílio entre nós, embora o corpo seja glutão, e quanto a braços, abelhas ou mesmo arado, Cowan faz suas excursões ao estrangeiro, um romance francês no bolso, manta sobre os joelhos, e sente-se grato por estar de novo em casa, em seu lugar, em seus limites, mostrando em seu espelhinho familiar a imagem de Virgílio rodeada de boas histórias sobre os deães de Trinity e rubros reflexos de vinho do Porto. Contudo, a linguagem é vinho em seus lábios. Virgílio não ouviria coisas assim em nenhum outro lugar. E embora, enquanto passeia nos Backs, a velha Srta. Umphelby o cante bastante melodiosamente e também com correção, quando chega a Clare Bridge, sempre se preocupa com este problema: "Mas, se o encontrasse, Virgílio, o que deveria vestir?" – e então, seguindo seu caminho pela avenida na direção de Newham, deixa a imaginação brincar com detalhes de encontros entre homens e mulheres, jamais publicados. Por isso suas aulas não têm nem a metade da assistência das de Cowan, e aquela palavra que ela poderia ter dito para elucidar o texto jamais foi pronunciada. Em resumo, faça um professor defrontar-se com a imagem do que é ensinado, o espelho se parte. Passada, porém, a sua exaltação, Cowan bebericava o porto e já não era um representante de Virgílio. Não, antes o construtor, o assessor, o supervisor; traçando linhas entre nomes, pendurando listas nas portas. Essa é a textura através da qual a luz deve brilhar, se brilhar pode – a luz de todas essas linguagens, chinês e russo, persa e árabe, de símbolos e figuras, de história, e coisas que só são conhecidas e coisas que ainda estão por o serem. De modo que, se à noite, longe no mar sobre as ondas tumultuadas, se avistasse um nevoeiro sobre as águas, uma cidade iluminada, um alvor no céu, como esse agora sobre o Hall de Trinity onde ainda estão jantando, ou lavando pratos, isso seria a luz ardendo ali – a luz de Cambridge.

* * *

– Vamos até o quarto de Simeon – disse Jacob, e enrolaram o mapa depois de tudo combinado.

* * *

Todas as luzes brotavam ao redor do pátio, caindo nas pedras arredondadas do calçamento, destacando tufos escuros de grama e solitárias margaridas. Os rapazes tinham voltado a seus quartos. Deus sabe o que estariam fazendo. O que poderia estar *gotejando* assim? E, debruçando-se sobre uma floreira de janela, cheia de flocos brancos, um fazia parar outro que passava rápido, e subiam as escadas, e desciam as escadas, até que uma espécie de plenitude baixava sobre o pátio, a colmeia cheia de abelhas, as abelhas em casa densas de ouro, ébrias, zumbindo, subitamente vocalizadas; a Sonata ao Luar respondida por uma valsa.

* * *

A Sonata ao Luar perdeu-se num tilintar; a valsa despedaçou--se. Embora ainda houvesse rapazes entrando e saindo, andavam como se tivessem encontros marcados. Aqui e ali uma batida surda, como um móvel pesado tombando inesperadamente por conta própria, sem participar da generalizada excitação de após o jantar. Supunha-se que os rapazes erguessem os olhos do livro que estavam lendo quando o móvel tombou. Estavam lendo? Certamente pairava no ar uma impressão de coisa concentrada. Atrás das paredes cinzentas sentavam-se tantos rapazes, alguns indubitavelmente lendo revistas e romances sensacionalistas, claro; talvez pernas por cima dos braços de poltronas; fumando; esparramando-se sobre mesas e escrevendo, enquanto suas cabeças giravam em círculos conforme se movesse a caneta – rapazes simples aqueles, que haveriam de..., mas não se precisava pensar neles envelhecendo; outros comendo doces; aqui trocavam socos; e o Sr. Hawkins deve ter ficado indignado de súbito, pois abriu num arranco a janela e berrou: "Jo-seph! Jo-seph!" e depois correu pelo pátio o mais depressa que podia, enquanto um homem idoso, de avental verde, carregando uma imensa pilha de talheres de estanho, hesitou, recuperou o equilíbrio, prosseguiu. Mas era uma festa aquilo. Alguns rapazes liam deitados em poltronas baixas, segurando seus livros como se sustivessem nas mãos algo que os ajudava a passarem aquele tempo difícil; todos angustiados, vindos de cidades do interior, filhos de clérigos. Outros liam Keats. E aquelas longas histórias em vários volumes – certamente alguém começava do começo, para entender o Sagrado Império Romano como se deve. Isso fazia parte da concentração, embora fosse perigoso numa cálida noite de primavera – perigoso, talvez, concentrar-se demais em livros isolados, capítulos únicos, se a qualquer momento a porta haveria de abrir-se e Jacob apareceria; ou Richard Bonamy, já não mais lendo Keats, começaria a fazer longos pavios cor-de-rosa com jornais velhos, inclinado para diante, não parecendo mais aplicado nem contente, mas quase feroz. Por quê? Talvez apenas porque Keats morreu jovem – a gente também quer escrever poesia, e amar – ah, que brutos! É terrivelmente duro. Contudo, afinal de contas, não é tão duro assim, se no próximo lance de escadas, no quarto grande, há dois, três, cinco rapazes, todos convencidos disso, quer dizer, da brutalidade e da nítida fronteira entre o certo e o errado. Havia um sofá, cadeiras, uma mesa quadrada, e com a janela aberta podia-se ver como estavam sentados – pernas aparecendo aqui; ali, uma dobrada no canto do sofá; e, presumivelmente, pois não podia ser visto, havia alguém parado no guarda-fogo da lareira, conversando. De qualquer modo, sentado a cavalo numa cadeira, comendo tâmaras de uma caixa comprida, Jacob estourou na risada. A resposta veio do canto do sofá; pois seu cachimbo ficou erguido no ar, depois foi recolocado. Jacob girou sobre si mesmo. Tinha algo a retrucar *àquilo*, embora o robusto rapaz de cabelo vermelho na mesa parecesse negar balançando lentamente a cabeça; e então, pegando o canivete, enfiou repetidamente a ponta num nó da madeira, como que afirmando que a voz do guarda-fogo falava a verdade – o que Jacob não podia negar. Possivelmente, quando tivesse terminado de arrumar as sementes de tâmara, encontrasse algo para dizer – na verdade, seus lábios se abriram e deles irrompeu uma risada.

A risada morreu no ar. Dificilmente o som poderia ter chegado até um dos que estavam junto da capela, do outro lado do pátio. A risada morreu, e só gestos de braços, movimentos de corpos, podiam ser vistos configurando qualquer coisa no aposento. Era uma discussão? Uma aposta nas corridas de barcos? Não era nada disso? O que estava sendo conformado por braços e pernas movendo-se no quarto penumbroso?

Um ou dois passos mais além da janela, não havia nada exceto as construções ao redor – chaminés eretas, telhados horizontais; tijolos demais e edificações demais para uma noite de maio, talvez. E então, diante de nossos olhos apareceriam as colinas nuas da Turquia – contornos nítidos, terra seca, flores coloridas, cores nos ombros das mulheres paradas de pernas nuas na torrente, batendo as roupas nas pedras. A torrente erguia redemoinhos de água em redor de seus tornozelos. Mas nada disso podia aparecer claramente através de faixas e lençóis movendo-se na noite de Cambridge. Até o bater do relógio era amortecido; como se fosse reverentemente entoado por alguém de um púlpito; como se gerações de eruditos escutassem a última hora rolar entre suas fileiras e a emitissem, já abrandada e desgastada pelo tempo, com suas bênçãos, para que os vivos fizessem uso dela.

Foi para receber essa dádiva do passado que o rapaz se dirigiu à janela e se postou ali, olhando o pátio? Era Jacob. Parou, fumando o cachimbo, enquanto a última batida do relógio se derramava macia ao seu redor. Talvez tivessem estado discutindo. Ele parecia contente; na verdade, superior; essa expressão mudou ligeiramente enquanto esteve ali parado, o som do relógio convergindo para ele (talvez) uma sensação de casas antigas e de tempo; ele próprio o herdeiro; e depois, o amanhã, e os amigos; ao pensar neles, em perfeita intimidade e prazer, bocejou e espreguiçou-se.

Enquanto isso, atrás dele, a figura que haviam criado, com discussão ou sem ela, a figura espiritual, dura embora efêmera, como de vidro se comparada à pedra negra da capela, fora estilhaçada; rapazes ergueram-se de cadeiras e cantos de sofá, murmurando e fazendo ruído no aposento, empurrando-se para a porta do quarto de dormir, caindo quando a porta cedeu. Deixaram então Jacob ali sozinho com Masham na poltrona rasa? Com Anderson? Simeon? Ah, era Simeon. Todos os demais tinham partido.

* * *

"... Juliano, o Apóstata..." Qual deles disse isso e as outras palavras murmuradas em derredor? Mas pela noite, por vezes, sobe um vento pesado, como um vulto com véus, subitamente acordado; era o que pulsava agora em torno de Trinity, erguendo folhas invisíveis e tornando tudo difuso. "Juliano, o Apóstata", e depois o vento. Os ramos de olmo se alçam, as velas inflam, velhas escunas empinam-se e adernam, as ondas pardas do cálido Oceano Índico tumultuam-se mormacentas, depois tudo volta a se alisar.

Dessa forma, se a dama de véus andava pelos pátios de Trinity, agora está novamente entorpecida, todos os panejamentos recolhidos ao seu redor, cabeça recostada num pilar.

– Isso parece ter certa importância.

A voz baixa era de Simeon.

A voz que respondeu era mais baixa ainda. A batida seca de um cachimbo sobre a lareira cancelou as palavras. E talvez Jacob apenas dissesse: "hum", ou não dissesse coisa alguma. Na verdade, as palavras eram inaudíveis. Era a intimidade, uma espécie de maleabilidade espiritual, da mente imprimindo-se, indelével, sobre outra mente.

– Bem, você parece ter estudado o assunto – disse Jacob, erguendo-se e postando-se diante da cadeira de Simeon. Equilibrava-se; balançava um pouco. Parecia extraordinariamente feliz, como se o seu prazer fosse chegar até as bordas e escorrer pelos lados, quando Simeon falasse.

Simeon nada disse. Jacob continuou em pé. Mas a intimidade – o aposento estava pleno dela, quieto e profundo como uma piscina. Sem necessidade de movimento ou fala, ela erguia-se branda, recobrindo tudo, amaciando, iluminando e revestindo a mente com o lustro de uma pérola, de modo que, se você fala de uma luz, de Cambridge ardendo, não é apenas a linguagem. É Juliano, o Apóstata.

Jacob, porém, moveu-se. Murmurou boa noite. Saiu para o pátio. Abotoou o casaco sobre o peito. Voltou a seus aposentos, e sendo o único homem a andar de volta a seus aposentos nessa hora, seus passos ressoavam e sua figura assomava enorme. O som de seus passos vinha da capela, do Hall, da biblioteca, como se as velhas pedras ecoassem em tom professoral: "O jovem... o jovem... o jovem... volta a seus aposentos".

4

De que adianta ler Shakespeare, especialmente numa dessas pequenas edições finas cujas páginas amassam ou grudam com a água do mar? Embora as peças de Shakespeare sejam muito elogiadas, até citadas e colocadas acima dos gregos, desde que tinham começado a viagem, Jacob ainda não conseguira ler uma até o fim. Contudo, que oportunidade!

Pois as Ilhas Scilly tinham sido avistadas por Timmy Durrant no lugar exato, como cimos de montanhas quase à flor da água. Seus cálculos tinham funcionado à perfeição, e com efeito vê-lo ali sentado, mão no leme, barba por fazer, olhando firme as estrelas, depois o compasso, soletrando bastante bem sua página do eterno livro de textos, poderia ter emocionado uma mulher. Naturalmente Jacob não era uma mulher. A visão de Timmy Durrant nada significava para ele, nada a erguer diante do céu e adorar; longe disso. Tinham discutido. Ninguém pode dizer por que, com Shakespeare a bordo, sob todas as condições para tal esplendor, a maneira correta de abrir uma lata de carne os transformara em colegiais mal-humorados. Mas carne enlatada se come fria; água salgada estraga os biscoitos; as ondas se agitam e espreguiçam por todo o horizonte. Agora passa uma ramada de algas flutuando – logo depois um toro de madeira. Navios haviam naufragado ali.

Um ou dois passaram, mantendo seu lado na estrada. Timmy sabia para onde estavam indo, quais suas cargas e, olhando pelo binóculo, podia dizer o nome da empresa e até adivinhar que lucros davam a seus acionistas. Isso, porém, não era razão para Jacob ficar indisposto.

As Ilhas Scilly pareciam cumes de montanhas quase à flor da água... Infelizmente Jacob quebrou o pino do fogão Primus.

As Ilhas Scilly podiam ser obliteradas por uma vaga passando.

Mas deve-se dar aos rapazes o crédito de admitir que, comido nessas circunstâncias, o almoço seja repelente, e ainda assim é bastante autêntico. Não se precisa de conversação. Pegaram os cachimbos.

Timmy fez algumas anotações científicas; e – qual a pergunta que rompeu o silêncio: a hora exata ou o dia do mês? De qualquer modo, foi dita sem o menor constrangimento; da maneira mais trivial do mundo; então Jacob começou a desabotoar a roupa e ficou sentado ali, nu, exceto a camisa, aparentemente para nadar.

As Ilhas Scilly estavam ficando azuladas; subitamente, azul, púrpura, verde, inundaram o mar; deixaram-no pardo; traçaram uma faixa que se desvaneceu; contudo, quando Jacob tirou a camisa por sobre a cabeça, todo o chão de ondas estava azul e branco, franzido e crespo, embora vez por outra aparecesse uma grande mancha roxa, como um hematoma; ou boiasse uma esmeralda inteira, tingida de amarelo. Ele pulou. Engoliu água, cuspiu-a, bateu o braço direito, bateu o esquerdo, puxou-se por uma corda, arquejou, patinhou, foi içado a bordo.

O assento do barco estava muito quente, o sol aquecia suas costas enquanto ele estava sentado nu, com a toalha na mão, fitando as Ilhas Scilly que – com os diabos! a vela deu uma sacudida. Shakespeare foi lançado por cima da borda. Podia ser visto flutuando alegremente para longe deles, todas as páginas agitando-se inumeráveis; depois submergiu.

Estranho, podia-se aspirar o aroma de violetas, ou se violetas eram impossíveis em julho, devia crescer em terra algo muito pungente. A terra, não muito longe – podiam-se adivinhar fendas nos rochedos, *cottages* brancos, fumaça subindo –, dava uma impressão extraordinária de calma, de paz ensolarada, como se sabedoria e piedade tivessem baixado sobre seus moradores. Foi quando se ouviu um grito, um homem vendendo sardinhas numa rua principal. Havia uma sensação extraordinária de piedade e paz, como de anciãos fumando junto à porta, e meninas, mãos nos quadris, postadas junto à fonte, e cavalos; como se o fim do mundo houvesse chegado, e campos de repolho e muros de pedra e estações da guarda-costeira e por sobre tudo isso as baías com as ondas que se quebravam sem serem vistas por ninguém erguendo-se para o céu em êxtase.

Imperceptivelmente a fumaça do *cottage* definha, parece um sinal de luto, uma bandeira flutuando sua carícia sobre uma tumba. As gaivotas, lançando seu amplo voo e depois vogando em paz, pareciam marcar o lugar da sepultura.

Sem dúvida, se fosse Itália, Grécia ou mesmo as costas da Espanha, a tristeza seria afugentada por estranheza e excitação e pelo aguilhão de uma educação clássica. Mas as colinas da Cornualha têm fortes chaminés por cima; e de uma forma ou outra a beleza é infernalmente triste. Sim, as chaminés e as estações da guarda-costeira e as pequenas baías com ondas quebrando, sem serem vistas por ninguém, nos recordam a mágoa que domina o resto. Que mágoa poderia ser esta?

* * *

É urdida pela própria terra. Emana das casas na costa. Começamos translúcidos, depois a nuvem se adensa. Toda história serve de fundo à nossa parede de vidro. Impossível escapar.

Mas é impossível dizer se essa é a interpretação correta da melancolia de Jacob, sentado nu ao sol, olhando para o Fim do Mundo; pois ele não pronunciou palavra alguma. Às vezes (só por um segundo!) Timmy pensava que sua gente talvez fosse aborrecê-lo... Não importa. Há coisas que não podem ser ditas. Vamos esquecê-las. Vamos secar o corpo e pegar a primeira coisa à mão... O livro de anotações de Timmy Durrant sobre suas observações científicas.

– Nesse caso... – disse Jacob. Começou uma discussão terrível. Há pessoas que conseguem seguir passo a passo um caminho, inclusive dar elas mesmas um passo pequeno, de apenas seis polegadas para terminá-lo; outras se contentam em julgar de imediato, observando tão somente os indícios externos.

Os olhos fixam-se no atiçador; a mão direita pega o atiçador e o levanta; vira-o lentamente, depois recoloca-o no lugar, com grande cuidado. A mão esquerda, pousada no joelho, esconde uma música marcial, majestosa mas intermitente. Segue-se um fundo respirar; no entanto, a inspiração se evapora sem ser consumida. Um gato atravessa o capacho da lareira. Ninguém presta atenção.

– É o máximo que posso fazer – Durrant encerrou a questão. O minuto seguinte foi quieto como uma tumba.

– Consequentemente... – disse Jacob.

Só meia frase se seguiu; mas essas meias frases são como bandeiras içadas no topo de edifícios para aquele que está observando indícios externos lá de baixo. O que era a costa da Cornualha, com seus aromas de violeta e emblemas de luto e tranquila piedade, senão uma tela pendendo por acaso, vertical, atrás da sua mente, quando esta se punha em movimento?

– Consequentemente... – disse Jacob.

– Sim – respondeu Timmy depois de refletir. – É isso.

Jacob começou a lidar por ali, em parte para esticar o corpo, em parte por uma espécie de alegria, sem dúvida, pois de seus lábios brotava o som mais estranho, enquanto enrolava a vela, esfregava os pratos – um som áspero e sem entonação, uma espécie de cântico triunfal por ter enfrentado a discussão, por ter dominado a situação, queimado de sol, barba por fazer, capaz da aventura de velejar ao redor do mundo num iate de dez toneladas, o que provavelmente haveria de fazer um dia desses, em vez de aboletar-se num escritório de advogado, usando polainas.

– Nosso amigo Masham – disse Timmy Durrant – preferiria não ser visto em nossa companhia, do jeito que estamos agora.
– Todos os seus botões teriam caído.
– Você conhece a tia de Masham? – perguntou Jacob.
– Nem sabia que ele tinha uma tia – respondeu Timmy.
– Masham tem milhões de tias – disse Jacob.
– Masham é mencionado no *Domesday Book** – comentou Timmy.
– As suas tias também – disse Jacob.
– A irmã dele é muito bonita – disse Timmy.
– É isso que vai acontecer com você, Timmy – disse Jacob.
– Com você primeiro – retrucou Timmy.
– Mas essa mulher de quem eu estava falando, a tia de Masham...
– Ah, continue – pediu Timmy, pois Jacob estava rindo tanto que não conseguia falar.
– A tia de Masham...

* * *

– O que é que tem Masham para a gente rir tanto? – perguntou Timmy.
– No final das contas, um homem que engole o próprio alfinete de gravata – disse Jacob.
– Vai ser Lorde Chanceler antes dos cinquenta – decretou Timmy.
– É um cavalheiro – disse Jacob.
– O Duque de Wellington era um cavalheiro – disse Timmy.
– Keats não era.
– Lorde Salisbury era.
– E quanto a Deus? – perguntou Jacob.
Agora as Ilhas Scilly apareciam como se um dedo dourado emergindo de uma nuvem apontasse diretamente para elas; e todos sabem como essa visão é poderosa, e como esses largos

---

* Registro de um censo dos proprietários rurais ingleses feito em 1085. (N. da T.)

raios abalam os alicerces do ceticismo, e levam a fazer piadas sobre Deus, não importa se esses raios caiam sobre as Ilhas Scilly ou sobre as tumbas dos cruzados nas catedrais.

"Senhor, fica comigo:
A noite cai depressa;
As sombras se aprofundam;
Senhor, fica comigo."

– cantou Timmy Durrant.

– Na minha cidade costumávamos cantar um hino que começava

"Grande Deus, o que estou vendo e ouvindo?"

– disse Jacob.

Gaivotas giravam docemente, balouçando em pequenos bandos de duas ou três, junto ao bote; o cormorão, como a seguir seu próprio longo pescoço numa perseguição eterna, deslizava uma polegada acima das águas em direção à rocha mais próxima; e o rugido da maré nas furnas vinha pela água, baixo, monótono, como a voz de alguém falando sozinho.

"Rocha dos séculos, abre-te para mim,
Deixa que me esconda em ti."

– cantava Jacob.

Como o dente rombudo de algum monstro, uma rocha varava a superfície; marrom; inundada de cachoeiras perpétuas.

"Rocha dos séculos"

– cantava Jacob, deitado de costas, erguendo os olhos para o céu do meio-dia, do qual fora expulsa qualquer partícula de nuvem, de tal modo que parecia algo permanentemente exposto, nu de todo véu.

Pelas seis da tarde, soprou uma brisa de campo de gelo; pelas sete, a água era mais púrpura do que azul; pelas sete e meia, havia um remendo de áspera lâmina de ouro em torno das Ilhas

Scilly, e o rosto de Durrant, sentado pilotando o barco, era da cor de uma caixa de laca vermelha polida por muitas gerações. Pelas nove, todo o fogo e confusão tinham sumido do céu, deixando quilhas de verde-maçã e círculos de amarelo-pálido; e pelas dez, as lanternas no barco lançavam cores entrançadas sobre as ondas, alongadas ou largas, conforme as vagas se estendiam ou encolhiam. O raio de luz do farol atravessou as águas rapidamente. Infinitos milhões de milhas adiante, piscava uma poeira de estrelas; mas as ondas chapinhavam no bote e com regular, espantosa solenidade, rebentavam contra os rochedos.

Embora fosse possível bater na porta do *cottage* e pedir um copo de leite, somente a sede provocaria essa intromissão. Mas talvez a Sra. Pascoe achasse isso muito bom. Os dias de verão podem ser opressivos.

Lavando em sua pequena pia, ela pode ouvir o relógio barato sobre a lareira tic, tic, tic... tic, tic, tic... Está sozinha na casa. O marido saiu para ajudar o fazendeiro Hosken; a filha se casou e foi para a América. O filho mais velho também se casou, mas ela não se dá bem com a mulher dele. O ministro da igreja de Wesley chegou e levou o menino menor. Ela está sozinha na casa. Um vapor cruza o horizonte, sem dúvida dirigindo-se a Cardiff, enquanto ao alcance da mão um sininho de dedaleira balouça tendo por badalo uma abelha.

Esses *cottages* brancos da Cornualha são construídos na beira da rocha; no jardim, tojos crescem mais facilmente que repolhos; quanto à cerca, algum sujeito primitivo empilhou seixos de granito. Numa dessas pedras, conjeturou um historiador, cavou-se uma bacia para receber sangue de vítimas, mas em nossos dias elas servem insipidamente como assento para turistas que desejam uma visão plena de Gunard's Head. Não, porém, que os turistas tenham qualquer objeção contra um vestido estampado azul e um avental branco no jardim de um *cottage*:

– Olhe... ela precisa tirar água de uma fonte no jardim.

– Deve ser muito solitário no inverno, com o vento varrendo essas colinas e as ondas batendo nas rochas.

Mesmo num dia de verão, a gente escuta o seu rumorejar.

Tendo apanhado sua água, a Sra. Pascoe entrou. Os turistas arrependeram-se de não terem trazido binóculos, para poderem ler o nome do vapor. Na verdade, era um dia tão bonito que não havia nada que um par de binóculos não tivesse trazido para junto dos olhos. Dois barcos de pesca, com velas, provavelmente vindo da Baía de St. Ives, singravam agora em direção oposta ao vapor, e o fundo do mar tornava-se alternadamente claro e opaco. Quanto à abelha, tendo sugado sua quota de mel, foi visitar o cardo e dali traçou uma linha reta na direção do quintal da Sra. Pascoe, mais uma vez orientando o olhar dos turistas para o vestido estampado e o avental branco da velha senhora, pois ela viera até a porta do *cottage* e estava parada ali.

Estava parada ali, protegendo os olhos com a mão e olhando o mar.

Olhava-o talvez pela milionésima vez. Uma borboleta-pavão desdobrava-se agora sobre o cardo, descansada, recém-nascida, conforme provavam o azul e o chocolate de suas asas. A Sra. Pascoe entrou, pegou a caçarola, e postou-se ali, limpando-a. Sem dúvida, seu rosto não era suave, nem sensual ou lascivo, mas duro, sábio e saudável, significando, num lugar cheio de gente sofisticada, a carne e o sangue da vida. No entanto, ela era capaz de dizer uma mentira tão prontamente quanto a verdade. Na parede atrás dela pendia uma grande arraia seca. Encerrados na sala de visitas, guardava com grande cuidado quadros, bibelôs de porcelana e fotografias, embora o pequeno aposento embolorado fosse protegido da brisa salgada apenas pela espessura de um tijolo, e entre as cortinas de renda se pudesse ver o mergulhão tombar como uma pedra, e em dias tempestuosos as gaivotas vinham pelo ar, arrepiadas, e as luzes dos navios apareciam ora altas ora baixas. Melancolia eram os sons de uma noite de inverno.

Os jornais ilustrados eram entregues pontualmente aos domingos, e ela contemplava longamente o casamento de Lady Cynthia na Abadia. Também teria gostado de andar numa carruagem de molas. As sílabas doces e fluidas da linguagem culta muitas vezes a deixavam envergonhada das suas próprias, poucas e rudes. E depois a noite toda ouvir o tormento do Atlântico sobre os rochedos, em vez de belos cabriolés e homens assobiando para chamar os carros... Era com isso que ela podia estar sonhando enquanto esfregava sua caçarola. Mas todas aquelas pessoas tagarelas e espertas tinham ido para as cidades. E ela guardava suas emoções no peito como um avarento. Não gastara nem uma moedinha em todos esses anos, e a quem a observasse com cobiça, pareceria que tudo ali dentro devia ser puro ouro.

A sábia anciã, tendo fixado o mar, retirou-se mais uma vez. Os turistas decidiram que estava na hora de ir a Gunard's Head.

* * *

Três segundos depois a Sra. Durrant bateu à porta.
– Sra. Pascoe? – chamou.
E olhava um tanto arrogante os turistas atravessarem a trilha do campo. Vinha de uma raça das Terras Altas, famosa por seus capitães.

A Sra. Pascoe apareceu.
– Invejo-a por esse arbusto, Sra. Pascoe – disse a Sra. Durrant apontando o guarda-sol com que batera na porta para um belo tufo de arbustos de São João, que crescia ao lado. A Sra. Pascoe olhou o arbusto de modo depreciativo.

– Estou esperando meu filho dentro de um ou dois dias – disse a Sra. Durrant. – Vem num pequeno barco, de Falmouth, com um amigo... Alguma notícia de Lizzie?

Seus pôneis de cauda longa estavam na estrada a vinte jardas dali, sacudindo as orelhas. O empregado, Curnow, ocasionalmente espantava as moscas deles. Viu sua patroa entrar na cabana; sair de novo; e passar em torno do canteiro de verduras em frente da casa, falando energicamente, a julgar pelos movimentos de suas mãos. A Sra. Pascoe era tia dele. As duas mulheres examinavam um arbusto. A Sra. Durrant inclinou-se e apanhou um ramo. Depois (seus movimentos eram peremptórios. Ela mantinha-se muito ereta) apontou para as batatas. Estavam com ferrugem.

Todas as batatas aquele ano estavam com ferrugem. A Sra. Durrant mostrou à Sra. Pascoe como a ferrugem estava forte nas suas batatas. A Sra. Durrant falava energicamente; a Sra. Pascoe escutava submissa. O empregado Curnow sabia que a Sra. Durrant estava dizendo que era absolutamente simples; a gente mistura o pó em um galão de água: "Fiz isso com minhas próprias mãos em meu próprio jardim", estava dizendo a Sra. Durrant.

– Não lhe vai sobrar uma só batata. Não lhe vai sobrar uma só batata – estava dizendo a Sra. Durrant com sua voz enfática quando chegaram ao portão. O empregado Curnow ficou imóvel como uma pedra. A Sra. Durrant pegou as rédeas na mão e instalou-se na boleia.

– Cuide dessa perna ou mandarei o médico vir vê-la – gritou por cima dos ombros; tocou os pôneis; e a carruagem arrancou. O empregado Curnow mal teve tempo de equilibrar-se na ponta das botas. O empregado Curnow, sentado no meio do assento de trás, olhou sua tia. A Sra. Pascoe estava parada no portão, olhando para eles; ficou parada no portão até que a carruagem dobrou a esquina; ficou parada no portão, olhando ora para a direita, ora para a esquerda; depois entrou novamente em sua casa.

Logo os pôneis chegaram à estrada elevada dos pântanos, forcejando com as pernas dianteiras. A Sra. Durrant afrouxou as rédeas e recostou-se para trás. Sua vivacidade a abandonara. O nariz de falcão estava fino como um osso alvacento ao sol, através do qual se pode ver a luz. As mãos, jazendo sobre as rédeas em seu colo, eram firmes mesmo em repouso. O lábio superior curto erguia-se quase num escárnio sobre os dentes da frente. Seu pensamento voava a léguas dali, enquanto o pensamento da Sra. Pascoe aderia à sua trilha solitária. Ela arremessava a mente para diante e para trás, como se os *cottages* sem telhado, os montículos de lava, os jardins de casas transbordando de dedaleiras e amoras pretas lançassem uma sombra sobre essa mente. Chegando ao topo, parou a carruagem. Colinas pálidas cercavam-na, cada uma com pedras antigas espalhadas; abaixo, o mar, mutável como um mar do Sul; e ela própria ali sentada, olhando da colina para o mar, ereta, aquilina, equilibradamente postada entre a melancolia e o riso. De repente, chicoteou os pôneis de tal modo que o empregado Curnow balançou na ponta das botas.

* * *

As gralhas pousavam; as gralhas se alçavam no ar. As árvores em que tocavam tão caprichosamente pareciam insuficientes para alojá-las. As copas faziam cantar a brisa em seu interior; os ramos rangiam audivelmente; de vez em quando, embora fosse pleno verão, deixavam cair cascas ou galhos finos. As gralhas subiam e desciam de novo, erguendo-se em número menor sempre que as andorinhas se preparavam para pousar, pois a noite já era suficiente para tornar o ar quase escuro dentro da floresta. O musgo estava macio; os troncos das árvores, espectrais. Atrás delas abria-se uma campina prateada. O capim-dos-pampas erguia suas lanças emplumadas de montículos verdes no fim do prado. Um trecho de água cintilava. A mariposa *convolvulus* girava em parafuso sobre as flores. Laranja e púrpura, nastúrcio e cerejeira diluíam-se na meia-luz, mas a planta-do-fumo e a flor-da-paixão, sobre as quais regirava a grande mariposa, eram alvas como porcelana. As gralhas faziam chiar as asas juntas nas copas das árvores, e ajeitavam-se para dormir quando, bem ao longe, um som familiar reboou e tremeu – intensificou-se – praticamente estrondeou em seus ouvidos – sagradas, sonolentas asas outra vez nos ares – a sineta do jantar na casa.

* * *

Depois de seis dias de sal e vento e sol, Jacob Flanders colocara um *smoking*. O discreto traje negro aparecera vez por outra no barco entre enlatados, picles, carnes em conserva, e, conforme a viagem progredira, tornara-se cada vez mais irrelevante, quase inacreditável. E agora, num mundo estável, iluminado pela luz das velas, só o *smoking* o protegia. Ele nem sabia como agradecer. Mesmo assim, seu pescoço, punhos e rosto estavam expostos sem véu, formigando e brilhando tanto que a roupa preta se tornava invólucro imperfeito. Ele recolheu a grande mão vermelha que jazia sobre a toalha da mesa. Sub-repticiamente ela se fechou sobre esbeltos cálices e recurvados garfos de prata. Os ossos das costeletas estavam decorados com babados cor-de-rosa – ontem ainda ele roera presunto no osso! À frente havia contornos obscuros, translúcidos, amarelos e azuis. Atrás deles, o jardim verde-acinzentado, e barcos de pesca pareciam presos e suspensos entre as folhas da escalônia, em formato de pera. O navio a vela passou pelas costas das mulheres. Dois ou três vultos atravessaram apressadamente o terraço no lusco-fusco. A porta abriu e fechou. Nada se acomodava nem permanecia intacto. As frases, brotando ora daqui ora dali, eram como remos que se alvoroçavam dos dois lados da mesa.

– Oh, Clara, Clara! – exclamou a Sra. Durrant, e Timothy Durrant acrescentou: – Clara, Clara – então Jacob identificou no vulto em gaze amarela a irmã de Timothy. A moça estava sentada, sorrindo, e corou. Com os mesmos olhos escuros do irmão, era mais vaga e suave do que ele. Quando as risadas amainaram, ela disse:

– Mas, mamãe, foi verdade. Ele disse isso, não disse? A Srta. Eliot concordou conosco...

Mas a Srta. Eliot, alta, grisalha, estava fazendo lugar a seu lado para o homem idoso que entrava, vindo do terraço. O jantar não terminaria nunca, pensou Jacob, e não queria que terminasse, embora o navio tivesse singrado de um canto a outro da moldura da janela, e uma luz indicasse o fim do quebra-mar. Viu a Sra. Durrant olhar fixamente a luz. Ela virou-se para ele.

– Era você quem comandava o barco, ou Timothy? – perguntou. – Perdoe-me chamá-lo de Jacob. Ouvi falar tanto em você. – Depois seus olhos voltaram ao mar. Seus olhos ficaram vítreos quando fixaram a paisagem.

– Um dia, uma pequena aldeia – disse – e agora cresceu... – Ela ergueu-se, levando o guardanapo, e parou junto da janela.

– Você discutiu com Timothy? – perguntou Clara timidamente. – Eu teria discutido.

A Sra. Durrant voltou da janela.

– Está ficando cada vez mais tarde – disse, sentando-se ereta e baixando os olhos sobre a mesa. – Vocês deveriam envergonhar-se... Todos vocês. Sr. Clutterbuck, o senhor devia estar envergonhado. – Ela erguia a voz porque o Sr. Clutterbuck era surdo.

– *Estamos* envergonhados – disse uma mocinha. Mas o velho de barba continuou comendo torta de ameixa. A Sra. Durrant riu e recostou-se para trás na cadeira, como se condescendesse com ele.

– Confiamos o caso à senhora, Sra. Durrant – disse um jovem com óculos grossos e um bigode selvagem. – Eu digo que as condições foram preenchidas. Ela me deve um soberano.

– Mas não *antes* do peixe; *com* ele, Sra. Durrant – disse Charlotte Wilding.

– Essa foi a aposta; com o peixe – disse Clara gravemente. – Begônias, mamãe. Para comer com o peixe dele.

– Meu Deus – disse a Sra. Durrant.

– Charlotte não vai pagar – disse Timothy.

– Como é que você se atreve... – disse Charlotte.

– Esse privilégio será meu – disse o cortês Sr. Wortley, apresentando um estojo de prata cheio de soberanos e fazendo escorregar uma moeda sobre a mesa. Então a Sra. Durrant ergueu-se e atravessou o aposento, mantendo-se muito ereta, e as mocinhas em gaze amarela, azul e prateada seguiram-na, e a idosa Srta. Eliot em seu veludo; e uma mulher um pouco rosada, hesitando na porta, limpa, escrupulosa, provavelmente a governanta. Todas saíram pela porta aberta.

* * *

– Quando você for velha como eu, Charlotte – disse a Sra. Durrant colocando o braço da moça no seu enquanto passeavam pelo terraço.

– Por que está tão triste? – perguntou Charlotte impulsivamente.

– Pareço triste? Espero que não – disse a Sra. Durrant.

– Bem, apenas nesse momento. E a senhora não é velha.

– Velha o bastante para ser a mãe de Timothy – elas pararam.

A Srta. Eliot olhava pelo telescópio do Sr. Clutterbuck no canto do terraço. O velho surdo estava parado ao lado dela, acariciando a barba, recitando os nomes das constelações:

– Andrômeda, Boiadeiro, Sidônia, Cassiopeia...

– Andrômeda – murmurou a Srta. Eliot, movendo de leve o telescópio.

A Sra. Durrant e Charlotte olharam pelo cilindro do instrumento apontado para os céus.

– Há *milhões* de estrelas – disse Charlotte com convicção. A Srta. Eliot afastou-se do telescópio. Os rapazes subitamente riram na sala de jantar.

– Deixe que eu olhe – disse Charlotte ansiosa.

– As estrelas me aborrecem – disse a Sra. Durrant, andando pelo terraço com Julia Eliot. – Uma vez li um livro sobre estrelas... O que é que eles estão dizendo? – Ela parou diante da janela da sala de jantar. – Timothy – ela comentou.

– O jovem silencioso – disse a Srta. Eliot.

– Sim, Jacob Flanders – disse a Sra. Durrant.

– Oh, mãe! Não a reconheci! – exclamou Clara Durrant vindo da direção oposta com Elsbeth. – Que delícia – aspirou esmagando uma pétala de verbena.

A Sra. Durrant virou-se e saiu andando sozinha.

– Clara! – chamou. Clara foi até ela.

– Como são diferentes! – disse a Srta. Eliot.

O Dr. Wortley passou por elas fumando charuto.

– Cada dia que vivo me surpreendo concordando... – disse quando passou por elas.

– É tão interessante adivinhar... – murmurou Julia Eliot.

– Logo que viemos para cá podíamos ver as flores naquele canteiro – disse Elsbeth.

– Vemos muito pouco agora – disse a Srta. Eliot.

– Ela deve ter sido tão linda, e naturalmente todo mundo a amava – disse Charlotte. – Suponho que o Sr. Wortley... – ela interrompeu-se.

– A morte de Edward foi uma tragédia – disse a Srta. Eliot com firmeza.

Nisso o Sr. Erskine se juntou a elas.

– Não existe o silêncio – afirmou. – Posso ouvir vinte sons diferentes numa noite como esta, sem contar as vozes de vocês.

– Vamos apostar? – disse Charlotte.

– Feito – disse o Sr. Erskine. – Um, o mar; dois, o vento; três, um cachorro; quatro...

Os outros passaram.

– Pobre Timothy – disse Elsbeth.

– Uma noite muito bonita – gritou a Srta. Eliot no ouvido do Sr. Clutterbuck.

– Gostaria de olhar as estrelas? – disse o velho virando o telescópio para Elsbeth.

– O senhor não fica melancólico... olhando estrelas? – gritou a Srta. Eliot.

– Meu Deus, meu Deus, não – o Sr. Clutterbuck deu uma risadinha quando a compreendeu. – Por que ficaria melancólico? Nem por um momento, meu Deus, não.

– Obrigada, Timothy, vou entrar – disse a Srta. Eliot. – Elsbeth, aqui tem um xale.

– Vou entrar – murmurou Elsbeth com o olho no telescópio.
– Cassiopeia – murmurou. – Onde estão todas vocês? – perguntou afastando o olho do telescópio. – Como está escuro!

* * *

A Sra. Durrant estava sentada na sala junto de uma lâmpada, enrolando uma bola de lã. O Sr. Clutterbuck lia o *Times*. Ao longe havia uma segunda lâmpada, e em torno dela sentavam-se as moças, fazendo cintilar tesouras sobre uma fazenda com lantejoulas prateadas, para uma representação de teatro amador. O Sr. Wortley lia um livro.

– Sim; ele tem toda razão – disse a Sra. Durrant, erguendo-se e parando de enrolar a lã. E, enquanto o Sr. Clutterbuck lia o resto do discurso de Lorde Lansdowne, ela ficou sentada ereta, sem mexer na bola de lã.

– Ah, Sr. Flanders – disse, com orgulho como se se dirigisse ao próprio Lorde Lansdowne. Depois suspirou e recomeçou a enrolar a sua lã.

– Sente-se *aqui* – disse.

Jacob saiu do lugar escuro, junto da janela, onde estivera sem fazer nada. A luz derramou-se sobre ele, iluminando cada fissura de sua pele; mas nenhum músculo da sua face se moveu quando sentou, olhando o jardim.

– Quero saber da sua viagem – disse a Sra. Durrant.

– Sim – disse ele.

– Vinte anos atrás fizemos a mesma coisa.

– Sim – disse ele. Ela fitou-o perquiridoramente.

É extraordinariamente desajeitado, pensou, notando que o rapaz apalpava as meias. E ainda assim, com ar tão distinto.

– Naqueles dias... – resumiu ela, contando-lhe como tinham navegado – meu marido, que sabia muita coisa sobre navegação, porque tinha um iate antes do nosso casamento... – e narrou como tinham desafiado temerariamente os pescadores – quase pagamos com nossas vidas, mas ficamos tão orgulhosos de nós mesmos! – Ela estendeu de repente a mão que segurava a bola de lã.

– Quer que eu segure a sua lã? – perguntou Jacob, formalizado.

– Você faz isso para sua mãe – disse a Sra. Durrant, olhando-o de modo penetrante enquanto transferia a meada. – Sim, assim vai muito melhor.

Ele sorriu; mas não disse nada.

Elsbeth Siddons apareceu atrás deles, indecisa, com alguma coisa prateada no braço.

– Queremos... – disse. – Eu vim... – ela interrompeu-se.

– Pobre Jacob – disse a Sra. Durrant calmamente, como se o conhecesse desde sempre. – Elas vão fazer você atuar na peça.

– Adoro a senhora! – disse Elsbeth, ajoelhando-se ao lado da cadeira da Sra. Durrant.

– Dê-me a lã – disse a Sra. Durrant.

– Ele vem! Ele vem! – gritou Charlotte Wilding. – Ganhei minha aposta!

* * *

– Há outro cacho mais em cima – murmurou Clara Durrant, subindo outro degrau; Jacob segurava a escada enquanto ela se esticava para alcançar as uvas no alto da parreira.

– Pronto! – exclamou, cortando o caule. Parecia translúcida, pálida, maravilhosamente bela, no alto, entre folhas de videira e os cachos amarelos e roxos, luzes boiando acima dela em ilhas de cor. Gerânios e begônias em potes ao longo de tábuas; tomates trepando pelas paredes.

– As folhas precisam mesmo ser desbastadas – disse ela, e uma folha verde, espalmada como uma mão, baixou girando perto da cabeça de Jacob.

– Já tenho mais do que sou capaz de comer – disse ele, erguendo os olhos.

– Parece absurdo... – começou Clara – voltar a Londres...

– Ridículo – disse Jacob com firmeza.

– Então – disse Clara – você tem de vir no próximo ano sem falta – e cortou outra folha de parreira, meio ao acaso.

– Se... se...

Uma criança passou correndo pela estufa aos gritos. Clara desceu lentamente a escada com o cesto de uvas.

– Um cacho de uvas brancas, dois das roxas – disse e colocou duas grandes folhas com os cachos aninhados mornamente no cesto.

– Eu me diverti muito – disse Jacob, olhando da estufa para baixo.

– Sim, foi uma delícia – disse ela vagamente.

– Ah, Srta. Durrant – disse ele pegando o cesto de uvas; mas ela passou em direção à porta da estufa.

"Você é bom demais, bom demais", pensava, pensando em Jacob e em como ele não devia lhe dizer que a amava. Não, não, não.

As crianças rodopiavam junto à porta, jogando coisas para o alto.

– Seus diabinhos! – gritou ela. – O que é que eles têm aí? – perguntou a Jacob.

– Acho que são cebolas – respondeu. Olhava as crianças sem se mexer.

* * *

– Lembre-se, Jacob, no próximo agosto – disse a Sra. Durrant apertando-lhe a mão no terraço onde fúcsias pendiam como brincos escarlates atrás da cabeça dela. O Sr. Wortley saiu pela porta de vidro, em pantufas amarelas, carregando o *Times* e estendendo a mão cordialmente.

– Adeus – disse Jacob. – Adeus – repetiu. – Adeus – disse mais uma vez. Charlotte Wilding abriu estabanadamente a janela do quarto e gritou.

– Adeus, Jacob!

– Sr. Flanders! – gritou o Sr. Clutterbuck, tentando levantar-se da poltrona. – Jacob Flanders!

– Tarde demais, Joseph – disse a Sra. Durrant.

– Mas não para posar para mim – disse a Srta. Eliot plantando seu tripé no gramado.

5

—Eu acho que é Virgílio – disse Jacob, tirando o cachimbo da boca e, empurrando a cadeira para trás, foi até a janela.

Certamente os motoristas mais velozes do mundo são os dos furgões dos correios. Disparando por Lamb's Conduit Street, o furgão vermelho dobrou a esquina junto da caixa do correio, chegando a arranhar o meio-fio, e fez levantar os olhos, entre assustada e curiosa, uma menininha parada na ponta dos pés para colocar uma carta na caixa. Ela interrompeu-se, a mão junto da fenda; depois jogou para dentro sua carta e saiu correndo. É raro sentirmos piedade por uma criança na ponta dos pés – geralmente é porque sofre de algum vago desconforto, um grão de areia no sapato, que nem vale a pena remover – essa é a nossa impressão, e assim – Jacob virou-se para a estante de livros.

Há muito tempo, aqui viviam pessoas importantes e, voltando da Corte depois da meia-noite, paravam debaixo dos umbrais esculpidos, arrepanhando as saias de cetim, enquanto o lacaio se erguia de seu colchão no assoalho, fechava depressa os botões inferiores do colete e as fazia entrar. A intensa chuva do século XVIII desabava sobre o canal. Mas Southampton Row hoje em dia é notável, principalmente porque ali sempre se pode encontrar um homem tentando vender uma tartaruga a um alfaiate.

– Expondo o seu *tweed*, senhor? O que os cavalheiros apreciam é algo singular, que atraia os olhares... E ela tem hábitos muito higiênicos, senhor! – É assim que oferecem suas tartarugas.

Na esquina da livraria Mudie, em Oxford Street, a corrente do tráfego se tinha detido numa fieira de contas vermelhas e azuis. Os ônibus a motor estavam bloqueados. Indo para a cidade, o Sr. Spalding olhou o Sr. Charles Budgeon, que seguia para Shepherd's Bush. A proximidade dos ônibus dava aos passageiros da imperial oportunidade de se olharem uns nos rostos dos outros. Mas poucos tiravam proveito disso. Cada um tinha seus próprios problemas a remoer. Cada um trazia o passado trancafiado dentro de si, como páginas de um livro conhecido de cor; e os amigos só podiam ver o título, James Spalding, ou Charles Budgeon, e os passageiros que seguiam em direção oposta não podiam ler coisa alguma exceto "homem de bigode vermelho", "rapaz de cinza fumando cachimbo". O sol de outubro pousava sobre todos esses homens e mulheres sentados imóveis; e o pequeno Johnnie Sturgeon aproveitou a ocasião para descer a escada correndo, levando seu grande pacote misterioso, e num trajeto de zigue-zague entre as rodas chegou à calçada, começou a assobiar uma melodia e logo perdeu-se de vista – para sempre. Os ônibus passavam sacolejando, todas as pessoas sentiam-se aliviadas por estarem um pouco mais perto do fim da jornada, embora algumas prometessem a si mesmas uma recompensa para logo depois do compromisso, uma indulgência a mais – bife e torta de rins, aperitivo, um jogo de dominó no canto enfumaçado de um restaurante da cidade. Ah, sim, a vida humana é bastante suportável num ônibus em Holborn, quando o policial ergue o braço e o sol bate em nossas costas, e, se existe algo parecido com uma concha que o homem produz para servir ao próprio homem, é ali que a temos, nos bancos do Tâmisa, onde as grandes ruas se encontram e a catedral de St. Paul fecha tudo como a voluta no fim da concha de um caracol. Saindo do seu ônibus, Jacob vadiou pelos degraus acima, consultou o relógio, por fim decidiu entrar... Será preciso esforço? Sim. Tais mudanças de estado de espírito nos desgastam.

    É turvo, assombrado por fantasmas de mármore branco que o órgão celebra eternamente. O rangido de uma botina é um horror; e a ordem; a disciplina. O sacristão com sua vareta tem a vida configurada em ferro a seus pés. Dóceis e santificados são os angelicais meninos do coro. E para sempre redondos os ombros de mármore, e os sons frágeis e agudos de vozes e órgão entram e saem dos dedos cruzados. Réquiem para sempre – repouso. Cansada de escovar os degraus do escritório da Prudential Society, o que fazia ano após ano, a Sra. Lidgett sentou-se abaixo da sepultura do Grande Duque, cruzou as mãos e semicerrou os olhos. Um lugar magnífico para uma velha descansar, bem ao lado dos ossos do Grande Duque, cujas vitórias não significam nada para ela, cujo nome ignora, mas jamais deixa de cumprimentar o anjinho do outro lado, quando passa na saída, desejando ter, um dia, um assim sobre sua própria tumba, pois a cortina de couro do seu coração já está frouxa, e agora dele se esgueiram na ponta dos pés pensamentos de repouso e doces melodias...

    O velho Spicer, contudo, negociante de juta, não pensava em nada disso. Era bastante estranho ele nunca ter estado em St. Paul nesses cinquenta anos, embora a janela de seu escritório desse para o cemitério da igreja.

    – Então é só isso? Bom, um lugar velho e escuro. Onde fica a sepultura de Nelson? Não tenho tempo agora. Voltarei de novo... Ah, sim, uma moedinha para colocar na caixa... Vamos ter chuva ou bom tempo? Bom, se ao menos o tempo se decidisse! – As crianças entram para espiar... O sacristão as manda embora... E outras e outras... Homem, mulher, homem, mulher, menino... erguendo os olhos, franzindo os lábios, a mesma sombra tocando os mesmos rostos; a cortina de couro do coração que se afrouxa.

* * *

    Nada poderia parecer mais correto nos degraus de St. Paul do que cada uma daquelas pessoas estar miraculosamente provida de casaco, saia e botinas; um ordenado; um objetivo. Apenas Jacob, levando na mão o *Império Bizantino*, de Finley, que comprara em Ludgate Hill, parecia um pouco diferente; pois carregava na mão um livro que, exatamente às nove e meia, em seu lugar junto da lareira, haveria de abrir e estudar, como ninguém nessa multidão faria. Eles não têm lares. As ruas lhes pertencem; as lojas; as igrejas; são deles as incontáveis escrivaninhas; as longas luzes dos escritórios; os furgões são deles, e a linha férrea recurvada acima da rua. Olhando mais de perto, ver-se-á que três homens de idade a pouca distância um do outro dirigem suas carruagens leves sobre o pavimento, como se a rua fosse a sua sala de estar, e ali, recostada na parede, a mulher olha o nada, estendendo cadarços de botinas que não pede a ninguém para comprar. Os cartazes lhes pertencem também; e as notícias escritas neles. Uma cidade destruída; uma corrida ganha. Pessoas sem lar circulando debaixo do céu cujo azul ou branco é bloqueado por um teto de limalha de aço e esterco de cavalo desfeito em pó.

    Lá, debaixo da pala verde, com a cabeça inclinada sobre papel branco, o Sr. Sibley transferia figuras para fólios, e sobre cada escrivaninha observa-se, como provisão, um maço de papéis, alimento do dia, vagarosamente consumido pela caneta industriosa. Inumeráveis sobretudos, do tipo prescrito, diariamente pendem vazios nos corredores, mas, quando o relógio bate as seis todos se preenchem exatamente, e as figurinhas, divididas dentro de suas calças ou moldadas numa só densidade, saltitam rapidamente em movimento angular para diante, ao longo do calçamento; depois mergulham na treva. Por baixo do calçamento, submersos na terra, tubos ocos alinhados com luzes amarelas os conduzem eternamente por este ou aquele caminho, e grandes letras em cartazes esmaltados representam, no mundo subterrâneo, os parques, praças e largos da superfície. "Marble Arch – Shepherd's Bush" – para a maioria Arch e Bush são perpétuas letras brancas sobre fundo azul. Só em um lugar – pode ser Acton, Holloway, Kensal Rise, Caledonian Road – o nome significa lojas onde se compram coisas, e casas numa das quais, descendo à direita onde as árvores podadas brotam das pedras do calçamento, existe uma janela quadrada com cortinas, um quarto de dormir.

Bem depois do pôr do sol, uma cega sentava-se numa cadeira dobrável, com as costas contra a parede de pedra do Union of London and Smith's Bank, segurando firme nos braços um cão vira-lata castanho, não para ganhar moedas, não, mas das profundezas do seu coração selvagem e alegre – seu coração moreno e pecador – pois a criança que procura agarrar-se nela é fruto do pecado, e deveria estar na cama, com as cortinas baixadas, dormindo, em vez de ouvir à luz do lampião a canção louca de sua mãe, sentada junto do edifício do Banco, cantando, não em troca de moedas, com o cão apertado ao peito.

Foram para casa. Os cinzentos pináculos de igreja os acolheram; a cidade velha, venerável, pecadora e majestosa. Um junto do outro, redondos ou pontudos, perfurando o céu ou crescendo como barcos a vela, como recifes de granito, pináculos e escritórios, cais e fábricas rodeiam o Banco; os peregrinos em sua marcha eterna; barcaças com carga pesada repousam no meio da torrente; tal como acham alguns, a cidade ama suas prostitutas.

Contudo, parece que poucas são admitidas a esse nível. De todas as carruagens que saem do arco da ópera, nenhuma se dirige para o leste, e, quando o pequeno ladrão é apanhado na praça vazia do mercado, não há ninguém com traje de noite, branco e negro ou cor-de-rosa, bloqueando o caminho, parado com a mão sobre a porta da carruagem para ajudar ou condenar – embora, para se ser justo, se deva dizer que Lady Charles suspira triste quando sobe sua escadaria, tira da estante o Tomás de Kempis, e não dorme enquanto sua mente não se perde no túnel da complexidade das coisas.

– Por quê? Por quê? Por quê? – suspira. No fundo, é melhor voltar a pé da ópera. Fadiga é o melhor sonífero.

Era pleno outono. Tristão arrepanhava seu manto debaixo dos braços duas vezes por semana; Isolda fazia ondular seu lenço em perfeita harmonia com a varinha do maestro. Em todos os cantos da casa veem-se rostos rosados e peitos resplandecentes. Quando a real mão presa a um corpo invisível aparecia e pegava o ramo vermelho e branco pousado na borda escarlate, a Rainha da Inglaterra parecia um nome pelo qual valia a pena morrer. A beleza, na sua variedade de estufa (que não é a pior), florescia em todos os camarotes; e, embora nada se dissesse de muita importância, e de modo geral todos concordem que a inteligência desertou dos belos lábios na época da morte de Walpole – de qualquer modo, quando Vitória desceu vestindo camisola para receber seus ministros, os lábios (através de um binóculo de ópera) ainda eram vermelhos, adoráveis. Cavalheiros calvos e distintos com bengala de castão de ouro passeavam pelas avenidas carmesins entre as seções de poltronas, e só interrompiam suas conversas com os camarotes quando as luzes escureciam e o maestro, curvando-se primeiro para a Rainha, depois para os cavalheiros calvos, girava sobre os pés e erguia a batuta.

Então, na semiescuridão, dois mil corações recordavam, antecipavam, viajavam por trevosos labirintos; e Clara Durrant disse adeus a Jacob Flanders, saboreando a doçura da morte simbolizada; e a Sra. Durrant, sentada atrás dela na escuridão do camarote, suspirou o seu suspiro áspero; e o Sr. Wortley, mudando de posição atrás da esposa do embaixador italiano, pensou que Branguena estava um tanto rouca; e, suspenso na galeria muitos pés acima dela, Edward Whitaker sub-repticiamente apontava uma lanterna de bolso sobre sua partitura de bolso; e... e...

Em suma, o observador sufoca em meio às observações. Só para não submergirmos no caos, natureza e sociedade arranjaram entre si um sistema de classificação que é a própria simplicidade; camarotes, filas de poltronas, anfiteatro, galeria. As camadas superlotam todas as noites. Não é preciso distinguir as minúcias. Mas fica um problema – é preciso optar. Pois, embora eu não queira ser a Rainha da Inglaterra – talvez apenas por um momento –, de boa vontade me sentaria a seu lado; escutaria os mexericos do primeiro-ministro; os suspiros da condessa, e partilharia de suas lembranças de saguões e jardins; as fachadas maciças dos respeitáveis dissimulam o seu código secreto; do contrário por que seriam tão impenetráveis? E depois, livrando-nos de nossa máscara, que estranho assumir por momentos outra personagem – qualquer uma – e ser um homem de valor que governou no Império; enquanto Branguena canta, reportar-nos aos fragmentos de Sófocles, ou ver, num lampejo, enquanto o pastor sopra sua flauta, pontes e aquedutos. Mas não – temos de optar. Nunca houve necessidade mais dura! Nem que cause a maior dor, desgraça mais certa; onde quer que eu me sente, morro no exílio; Whitaker está em sua hospedaria; Lady Charles no Manor.

* * *

Um homem com nariz de Wellington, que ocupara um assento barato, descia pelas escadarias de pedra quando a ópera terminou, como se a influência da música ainda o apartasse um pouco dos amigos.

Pela meia-noite, Jacob Flanders ouviu uma batida em sua porta.

– Por Júpiter! – exclamou. – Você é exatamente o homem que eu queria! – E sem maior alarde descobriram as linhas que ele procurara o dia todo; só que não vieram de Virgílio, mas de Lucrécio.

* * *

– Sim, isso vai fazer com que ele reaja – disse Bonamy quando parou de ler. Jacob estava excitado. Era a primeira vez que lia alto o seu ensaio.

– Maldito porco! – disse, exagerando um pouco; o elogio lhe subira à cabeça. O professor Bulteel, de Leeds, pusera em circulação uma edição de Wycherley sem dizer que omitira, retirara ou marcara só com asteriscos diversas palavras indecentes e algumas frases indecentes. Jacob disse que aquilo era um ultraje; uma falta de lealdade; pura afetação; sinal de mente lasciva e caráter repugnante. Aristófanes e Shakespeare foram citados; a vida moderna, repudiada. Fizeram grande alarido a respeito de categoria profissional e ridicularizaram Leeds como estabelecimento de ensino. E o extraordinário era que esses rapazes estavam absolutamente certos – extraordinário porque, mesmo ao tirar cópia de suas páginas, Jacob sabia que ninguém jamais as imprimiria; e bastante seguros regressaram do *Fortnightly*, do *Contemporary*, do *Nineteenth Century* quando Jacob os jogou na caixa de madeira negra onde guardava as cartas de sua mãe, as velhas calças de flanela e um bilhete ou dois com carimbo postal da Cornualha. A pálpebra fechou-se sobre a verdade.

Essa caixa de madeira negra, na qual ainda se podia ler seu nome em tinta branca, estava colocada entre as compridas janelas da sala de estar. Abaixo corria a rua. Sem dúvida, o quarto de dormir ficava atrás. Os móveis – três cadeiras de balanço e uma mesa desmontável – vinham de Cambridge. Essas casas (a filha da Sra. Garfit, Sra. Whitehorn, era a proprietária desta) tinham sido construídas, digamos, há cento e cinquenta anos. Os quartos são amplos, os tetos altos; sobre a porta uma rosácea ou cabeça de antílope esculpida na madeira. O século XVIII tem a sua distinção. Mesmo os lambris, pintados em cor de framboesa, têm certa distinção...

"Distinção" – a Sra. Durrant dissera que Jacob Flanders tinha "um ar distinto". "Muito desajeitado", ela dissera, "mas com ar tão distinto". Vendo-o pela primeira vez, era sem dúvida essa a sua classificação. Deitado para trás em sua cadeira, tirando o cachimbo dos lábios, dizendo a Bonamy: "E agora, sobre essa ópera" (pois tinham concluído o tema da indecência). "Esse camarada Wagner"... distinção é uma das palavras a serem usadas naturalmente, embora, olhando para ele, fosse difícil dizer qual seria o seu lugar na ópera: balcões, galeria, ou poltronas na plateia. Um escritor? Faltava-lhe a consciência de si mesmo. Pintor? Havia algo na forma de suas mãos (pelo lado da mãe descendia de uma família da maior antiguidade e mais profunda obscuridade) que indicava bom gosto. E sua boca – certamente, porém, de todas as ocupações fúteis, a de catalogar os traços das pessoas é a pior. Uma palavra basta. Mas, e se não a encontrarmos?

* * *

"Gosto de Jacob Flanders", escreveu Clara Durrant em seu diário. "Ele é tão pouco mundano. Não faz pose e a gente pode lhe dizer o que quiser, embora ele seja assustador porque..." O Sr. Letts, porém, deixa pouco espaço em seus diários baratos. Clara não era moça de saltar para a quarta-feira. A mais humilde e cândida das mulheres!

– Não, não, não – suspirou parada na porta da estufa – não quebre isso, não estrague... – O quê? Algo infinitamente belo.

Contudo, trata-se apenas de palavras de uma moça, além do mais apaixonada, ou a fugir do amor. Desejava que aquele momento continuasse para sempre, exatamente como era naquela manhã de julho. E momentos não fazem isso. Agora, por exemplo, Jacob estava contando uma história sobre uma excursão a pé que fizera, e a taverna chamava-se "The Foaming Pot", o que, levando em conta o nome da dona... Eles gritaram de tanto rir. A piada era indecente.[*]

Então Julia Eliot disse "aquele rapaz silencioso" e, como ela jantasse com primeiros-ministros, sem dúvida queria significar: "Se ele pretende progredir no mundo, terá de aprender a falar".

Timothy Durrant jamais fez qualquer observação.

A criada achou que fora muito generosamente recompensada.

A opinião do Sr. Sopwith era tão sentimental quanto a de Clara, embora expressa de modo bem mais hábil.

---

[*] O termo inglês *pot* também pode significar urinol. O nome da taverna traduz--se por "O Caneco Espumante". (N. da T.)

Betty Flanders era romântica em relação a Archer e terna quanto a John; mas ficava irracionalmente irritada com a falta de jeito de Jacob em casa.

O Capitão Barfoot gostava mais dele do que dos outros dois meninos; quanto a dizermos por quê...

Parece, portanto, que homens e mulheres falham igualmente. Parece que não conhecemos em absoluto uma opinião profunda, imparcial e absolutamente justa sobre nossos próximos. Ou somos homens, ou somos mulheres. Ou somos frios, ou somos sentimentais. Ou somos jovens, ou estamos envelhecendo. Em qualquer caso, a vida não é senão uma procissão de sombras, e sabe Deus por que as abraçamos tão avidamente e as vemos partir com tal angústia, já que não passam de sombras. E por que, se isso e muito mais é verdade, por que ainda assim nos surpreendemos no canto da janela com a inesperada visão de que o rapaz na cadeira é, entre todas as coisas do mundo, a mais sólida, a mais real, a que melhor conhecemos – sim, por quê? – Pois, no momento seguinte, já nada sabemos sobre ele.

* * *

É assim que vemos as coisas. Tais são as condições do nosso amor.

* * *

("Tenho vinte e dois anos. É quase fim de outubro. A vida é muito agradável, embora infortunadamente haja grande número de imbecis por aí. É preciso que nos dediquemos a uma coisa ou outra – sabe Deus qual. Tudo é realmente muito divertido – exceto levantar de manhã e vestir um fraque.")

– Escute, Bonamy, e quanto a Beethoven?

("Bonamy é um sujeito assombroso. Conhece praticamente tudo – não mais do que eu em literatura inglesa, mas leu todos aqueles franceses.")

– Desconfio que você esteja dizendo bobagem, Bonamy. Apesar do que disse, pobre do velho Tennyson...

("Na verdade a gente devia ter aprendido francês. Acho que agora o velho Barfoot está conversando com minha mãe. Caso bem estranho, na verdade. Mas lá não posso ver Bonamy. Droga de Londres!" – pois as carroças do mercado passavam pela rua, matraqueando.)

– Que tal um passeio a pé no sábado? ("O que vai acontecer no sábado?")

E, pegando a sua agenda, assegurou-se de que a noite da festa dos Durrants era na outra semana.

Embora, porém, tudo isso possa ser verdade – como Jacob pensou e falou – e cruzou as pernas – e encheu o cachimbo – e bebericou seu uísque e olhou uma vez a sua agenda, despenteando o cabelo enquanto o fazia. –, algo permanece que jamais poderá ser expresso por uma segunda pessoa, exceto pelo próprio Jacob. Mais ainda, parte disso não é Jacob, mas Richard Bonamy – o quarto; as carroças do mercado; a hora; o momento exato da história. Depois pense-se nos efeitos do sexo – o modo como ele pende ondulante entre homem e mulher, trêmulo, de modo que aqui há um vale, ali um cume, quando na verdade talvez tudo seja plano como a minha mão. Mesmo as palavras corretas adquirem a tonalidade errada. Contudo, algo sempre nos impele a vibrar como a mariposa-falcão, na boca da caverna do mistério, dotando Jacob Flanders de toda espécie de qualidades que ele não tem – pois, embora certamente estivesse sentado falando com Bonamy, a metade do que dizia era tolo demais para ser repetido; muita coisa ininteligível (sobre gente desconhecida e o Parlamento); o que sobra é, na maior parte, problema de adivinhação. E ainda assim nos debruçamos sobre isso, a vibrar.

* * *

– Sim – disse o Capitão Barfoot, batendo seu cachimbo para esvaziá-lo no aquecedor de Betty Flanders, e abotoando o casaco. – Isso dobra o trabalho, mas não me importo.

Agora era conselheiro municipal. Olharam a noite, que era a mesma de Londres, apenas mais translúcida. Sinos da igreja da cidade lá embaixo batiam as onze horas. O vento soprava do mar. E todas as janelas dos quartos de dormir estavam escuras – os Pages dormiam; os Garfits dormiam; os Cranches dormiam – enquanto em Londres, a essa hora, queimavam Guy Fawkes em Parliament Hill.*

---

* Alusão à festa popular inglesa do Dia de Guy Fawkes, quando se recorda a tentativa de Fawkes (séc. XVI) de assassinar o rei num motim. (N. da T.)

6

O fogo pegara bem.
— Lá está St. Paul — alguém gritou.
Quando a madeira começou a arder, a cidade de Londres ficou iluminada por um instante; dos outros lados da fogueira havia árvores. O mais nítido dos rostos que apareciam frescos e vivos como se fossem pintados de amarelo e vermelho era o de uma moça. Por um efeito da luz das chamas, parecia não ter corpo. O oval do rosto e o cabelo pendiam ao lado do fogo com um vácuo escuro por trás. Seus olhos verde-azulados fitavam as chamas como se estivessem vitrificados pelo resplendor delas. Cada músculo da face estava tenso. Não havia nada de trágico nela, assim olhando fixo — sua idade era vinte e cinco anos.

Descendo da escuridão cambiante, uma mão colocou em sua cabeça o chapéu branco e cônico de um pierrô. Sacudindo a cabeça, ela ainda olhava. Um rosto de suíças apareceu por cima dela. Duas pernas de mesa foram lançadas ao fogo, e uma braçada de ramos finos e de folhas. Tudo isso pegou fogo e revelou rostos mais atrás, redondos, pálidos, suaves, barbudos, alguns com chapéu-coco; todos concentrados; mostrou também St. Paul flutuando na névoa branca e desigual, e dois ou três pináculos estreitos, alvos como papel, em forma de apagador de velas.

As labaredas lutavam por abrir caminho entre a lenha e bramiam quando, sabe Deus de onde, baldes lançavam água em lindas curvas ocas, como da casca de uma tartaruga polida; lançavam-na repetidamente; até que o sibilar parecesse um enxame de abelhas; e todos os rostos se apagaram.

– Oh, Jacob – disse a moça quando desciam a colina no escuro –, estou tão terrivelmente infeliz!

Ouviram-se as risadas dos outros – finas, grossas; umas antes, outras depois.

O salão de jantar do hotel estava bem iluminado. Havia uma cabeça de cervo em gesso numa das pontas da mesa; na outra, um busto romano pintado de preto e vermelho, para representar Guy Fawkes, o dono da noite. Os comensais eram ligados uns aos outros por guirlandas de rosas de papel, de modo que na hora de cantar "Adeus, Amor", de mãos dadas, uma faixa rosa e amarela se erguia e baixava em toda a extensão da mesa. Havia uma enorme quantidade de cálices verdes de vinho. Um jovem ergueu-se, e Florinda, pegando um dos globos arroxeados que estavam na mesa, jogou-o direto em sua cabeça. Ele desfez-se em pó.

– Estou tão terrivelmente infeliz! – disse ela, virando-se para Jacob, sentado a seu lado.

Como se tivesse pernas invisíveis, a mesa correu para o lado da sala, e um realejo, decorado com um pano vermelho e dois vasos de flores de papel, pôs-se a desenrolar uma valsa.

Jacob não sabia dançar. Ficou parado junto à parede, fumando cachimbo.

– Achamos você o homem mais bonito que vimos na vida – disseram dois dos dançarinos, afastando-se dos demais e curvando-se profundamente diante dele.

E enfeitaram-lhe a cabeça com flores de papel. Depois, alguém trouxe uma cadeira branca e dourada e fizeram-no sentar. Ao passar, as pessoas penduravam uvas de vidro em seus ombros, até que ele parecesse a figura de proa de um navio naufragado. Então Florinda sentou-se nos joelhos dele e escondeu o rosto em seu casaco. Ele a segurava com uma das mãos, e com a outra o seu cachimbo.

* * *

– Agora vamos conversar – disse Jacob, descendo Haverstock Hill, entre quatro e cinco da manhã de novembro, dia seis, de braço dado com Timothy Durrant –, mas sobre alguma coisa sensata.

* * *

Os gregos – sim, era sobre isso que tinham falado, pois, quando tudo foi dito e feito, quando lavamos nossa boca com todas as literaturas do mundo, incluindo a chinesa e a russa (mas esses eslavos não são civilizados), é o sabor dos gregos que permanece. Durrant citou Ésquilo; Jacob, Sófocles. É verdade que nenhum grego os poderia ter entendido e nenhum professor teria deixado de criticá-los – não importa; para que serve grego senão para ser gritado, na madrugada, em Haverstock Hill? Além disso, Durrant jamais escutara Sófocles, nem Jacob escutara Ésquilo. Sentiam-se orgulhosos, triunfantes; parecia-lhes que tinham lido todos os livros do mundo; conhecido todos os pecados, paixões e alegrias. Séculos chapinhavam a seus pés, como ondas prontas a serem singradas. E observando tudo isso, assomando do nevoeiro, da luz dos lampiões, das sombras de Londres, os dois rapazes se decidiram a favor da Grécia.

– Provavelmente somos os únicos no mundo a saber o que os gregos significaram – comentou Jacob.

Tomaram café numa cantina onde as cafeteiras eram brunidas e pequenas lâmpadas ardiam ao longo do balcão.

Tomando Jacob por um militar, o dono da cantina contou-lhe a respeito de seu filho em Gibraltar, e Jacob amaldiçoou o exército britânico, elogiando o Duque de Wellington. E desceram de novo a colina, falando nos gregos.

* * *

Coisa singular – quando se pensa nisso – o amor pelas coisas gregas a florescer em tal obscuridade, distorcido, desencorajado e ainda assim a emergir de repente, em especial ao sairmos de aposentos superlotados, ou depois de uma indigestão de leitura, ou quando a lua boia entre as ondulações das colinas ou nos vazios dias londrinos, tristes e estéreis, como uma presença adequada; uma lâmina nua; sempre um milagre. Jacob sabia grego apenas o bastante para tropeçar através de uma peça de teatro. Não conhecia história antiga. Mas, quando andava Londres adentro, parecia-lhe que faziam ressoar as lajes da entrada da Acrópole, e que, se os visse chegar, Sócrates se apressaria a chamá-los "meus queridos amigos", pois toda a emoção de Atenas combinava perfeitamente com o seu estado de espírito, livre, arrojado, elevado... Pois que Florinda o chamara de Jacob, sem pedir permissão. Sentara-se em seus joelhos. E assim faziam todas as belas mulheres no tempo dos gregos.

Neste instante um lamento ondulante, trêmulo, aflito, abalou o ar, parecendo não ter forças para expandir-se, e ainda assim tatalava; a este som, as portas das ruas dos fundos abriram-se de supetão; operários saíram com passos pesados.

* * *

Florinda sentia-se mal.

* * *

Insone como de hábito, a Sra. Durrant fez uma marca ao lado de certas linhas do *Inferno*.

* * *

Clara dormia enterrada nos travesseiros; sobre o seu toucador, rosas desfeitas e um par de longas luvas brancas.

* * *

Florinda sentia-se mal, ainda com o branco chapéu cônico de pierrô.

Seu quarto de dormir parecia adequado a essas catástrofes – barato, cor de mostarda, meio sótão meio estúdio, curiosamente ornamentado com estrelas de papel prateado, chapéus de mulheres do País de Gales e rosários pendendo das arandelas do gás. Quanto à história de Florinda, seu nome lhe fora dado por um pintor que desejara significar que a flor da sua virgindade ainda não fora colhida. Seja como for, ela não tinha sobrenome, e dos pais possuía apenas a fotografia de uma pedra tumular, debaixo da qual, dizia, estava enterrado o pai. Por vezes insistia em falar no tamanho da sepultura, e havia boatos de que o pai de Florinda morrera do excessivo crescimento dos ossos, que nada conseguia deter; e de que sua mãe gozara da confiança de um senhor da realeza; vez por outra a própria Florinda era uma princesa, em geral quando bêbada. Assim desamparada, ainda por cima com olhos trágicos e lábios de criança, falava mais em virgindade do que as mulheres comumente falam; perdera-a na noite anterior, ou a valorizava mais do que ao coração no peito, dependendo do homem com quem conversava. Mas falava sempre com homens? Não, tinha a sua confidente: a mãe Stuart. Stuart, diria essa dama, é nome de uma casa real; mas o que isso significava e qual era o seu negócio ninguém sabia; apenas que a Sra. Stuart recebia vales postais todas as segundas-feiras de manhã, tinha um papagaio, e acreditava na transmigração das almas, e sabia ler o futuro em folhas de chá. Sujo papel de parede de uma casa de cômodos, ela sustentava a virgindade de Florinda.

Agora Florinda chorava. Passou o dia andando pelas ruas; deteve-se em Chelsea olhando o rio correr; seguiu ao longo das ruas comerciais; abriu a bolsa e empoou o rosto no ônibus; leu cartas de amor, apoiando-se contra a jarra de leite na Confeitaria A.B.C.; achou que havia vidro dentro do açucareiro; acusou a garçonete de querer envená-la; queixou-se de que os rapazes olhavam-na fixo; e ao anoitecer deu consigo descendo devagar a rua de Jacob, quando foi fulminada pela consciência de que gostava mais daquele Jacob do que dos judeus sujos, e, sentando-se na mesa dele (que fazia uma cópia do seu ensaio sobre a ética da independência), tirou as luvas e contou-lhe que a mãe Stuart lhe batera na cabeça com o abafador do bule de chá.

Jacob acreditou na sua palavra, quando lhe disse que era casta. Sentada junto à lareira, tagarelou sobre pintores famosos. Mencionou a tumba do pai. Parecia selvagem e frágil e bela, e Jacob pensou que eram assim as mulheres dos gregos; e que isso era a vida; e que ele próprio era um homem, e Florinda, casta.

Ela saiu com os poemas de Shelley debaixo do braço. Disse que a Sra. Stuart não parava de falar em Shelley.

São admiráveis os inocentes. Acreditar que aquela moça transcendia qualquer mentira (pois Jacob não era tolo a ponto de acreditar nela implicitamente), pensar com inveja numa vida descompassada – quando a sua lhe parecia, em comparação, mimada e mesmo enclausurada; ter à mão, como remédio soberano para todos os males da alma, Adonais e as peças de Shakespeare; imaginar uma camaradagem toda espiritual da parte dela, e protetora da parte dele, embora igual para ambos, pois que mulheres, pensou Jacob, são o mesmo que homens – uma tal inocência é bastante admirável e talvez no fim de contas não seja tão ridícula assim.

Quando chegou em casa naquela noite, Florinda primeiro lavou a cabeça; depois comeu bombons de chocolate; depois abriu Shelley. Verdade que ficou terrivelmente entediada. Mas o *que aquilo queria dizer?* Tinha de apostar consigo mesma que só comeria outro bombom depois de terminar a página. De fato, acabou adormecendo. Afinal, tivera um longo dia. A mãe Stuart lhe atirara o abafador; e nas ruas há visões fantásticas, e ainda que Florinda fosse ignorante como uma coruja, e jamais tivesse aprendido a ler corretamente nem mesmo suas cartas de amor, ainda assim tinha sentimentos, gostava mais de uns homens que de outros, e estava inteiramente à disposição da vida. Se era virgem ou não, parece não ter muita importância. A não ser, é claro, que seja a única coisa a realmente importar.

Jacob ficou inquieto quando ela o deixou.

A noite toda homens e mulheres se movem, para cima e para baixo, conforme ritmos que bem conhecemos. Retardatários voltando para casa podiam ver sombras contra os estores, até nos subúrbios mais respeitáveis. Nenhuma praça com neve ou neblina deixava de ter seu par amoroso. Todos os jogos giravam em torno do mesmo tema. Balas varavam cabeças em quartos de hotel quase todas as noites por causa disso. Quando o corpo escapava à mutilação, o coração raramente ia para o túmulo intacto. Em teatros e romances populares, era quase só o que se comentava. Ainda assim, contudo, dizemos que é assunto sem qualquer importância.

Seja em Shakespeare e Adonais, Mozart e o bispo Berkeley – escolha quem quiser –, o fato é dissimulado, e para a maior parte de nós as noites se passam respeitosamente, ou apenas com aquela espécie de vibração que a serpente causa ao deslizar na relva. A dissimulação, no entanto, por si mesma distrai a mente dos textos e dos sons. Se Florinda tivesse uma mente, poderia ter lido com olhos mais lúcidos do que os nossos. Ela e a sua espécie resolvem a questão transformando-a numa insignificância como lavar as mãos antes de ir para a cama, com a única dificuldade de escolher água quente ou fria, e, uma vez isso resolvido, a mente pode seguir seus interesses, incontestada.

Na metade do jantar, porém, ocorreu a Jacob conjeturar se ela teria ou não um cérebro.

* * *

Sentaram-se numa mesinha no restaurante.

Florinda apoiou os cotovelos na mesa e pôs o rosto na concha das mãos. Seu abrigo escorregara para trás. Ela emergia, ouro e branco e contas brilhantes, rosto desabrochando do corpo, inocente, pouco pintada, olhos olhando francamente em torno, ou pousando lentos sobre Jacob, e detendo-se ali. Falava:

– Você sabe, aquela grande caixa preta que o australiano deixou no meu quarto, faz tanto tempo? Acho que peles fazem uma mulher parecer velha... Aquele que entrou agora é Bechstein...

— Eu estava imaginando como você parecia quando era bem menino, Jacob. — Florinda roeu um pouco do seu pãozinho e olhou para ele.

— Jacob, você é como uma dessas estátuas... Acho que há coisas muito bonitas no Museu Britânico, não acha? Montes de coisas lindas... — disse em tom sonhador. O local começava a ficar repleto; o calor aumentava. Conversa de restaurante é conversa de sonâmbulos entorpecidos, tantas coisas para ver — tanto barulho —, outras pessoas conversando. Acaso podemos deixar de ouvi-las? Ah, elas é que não devem *nos* escutar.

— Parece Ellen Nagle, aquela moça... — e assim por diante.

— Estou terrivelmente feliz desde que conheci você, Jacob. Você é um homem *tão bom*.

A sala cada vez mais cheia; a conversa mais alta; as facas mais tilintantes.

— Bem, sabe, ela diz coisas dessas porque...

Florinda interrompeu-se. Todo mundo se interrompeu.

— Amanhã... domingo... detestável... diga-me... pois então, vá! — *Crash!* E ela saiu tempestuosamente.

Era na mesa ao lado deles que aquela voz se tornava cada vez mais aguda. De repente, a mulher jogou os pratos no chão. O homem ficou sozinho. Todo mundo a olhar. Então...

— Ora, pobre sujeito. Não devemos ficar sentados olhando para ele. Que fiasco! Você ouviu o que ela disse? Meu Deus, ele parece tão bobo! Sem dúvida não correspondeu às expectativas. Toda aquela mostarda na toalha da mesa. E os garçons rindo.

Jacob observava Florinda. O rosto dela lhe parecia horrendamente desprovido de cérebro — sentada, olhando.

* * *

Lá se ia a mulher de negro, pluma dançando no chapéu.

Tinha de ir a algum lugar. A noite não é um negro oceano tumultuado em que se navega ou naufraga como uma estrela. Na verdade, era uma noite úmida de novembro. As lâmpadas de Soho lançavam manchas gordurosas de luz no pavimento. As ruelas eram suficientemente escuras para ocultar um homem ou mulher, encostados nos umbrais. Uma delas afastou-se quando Jacob e Florinda chegaram perto.

– Ela deixou cair a luva – disse Florinda.

Apressando o passo, Jacob devolveu-a.

A mulher agradeceu efusivamente; atrasou os passos; deixou cair a luva outra vez. Para quê? Para quem?

Enquanto isso, aonde fora a outra mulher? E o homem?

Os lampiões da rua não alcançam longe o bastante para darem a resposta. As vozes, iradas, sensuais, desesperadas, apaixonadas são pouco mais que vozes de animais enjaulados na noite. Só que não estão enjaulados nem são animais. Interpele-se um homem; pergunte-se-lhe o caminho; ele o dirá; só que temos medo de perguntar o caminho. O que tememos? – O olho humano. De repente o calçamento se estreita, o abismo se aprofunda. Ali! Fundiram-se ambos – homem e mulher. Adiante, anunciando com espalhafato sua louvável solidez, uma pensão exibe atrás de janelas sem cortinas seu testemunho da eficiência de Londres. Lá estão, sentados, sob luz intensa, trajados como damas e cavalheiros, em poltronas de bambu. Viúvas de homens de negócios provam laboriosamente que são aparentadas a juízes. Esposas de comerciantes de carvão replicam no mesmo instante que seus pais tiveram cocheiros. Uma criada traz café, e a cesta de crochê tem de ser removida. E assim, retomando para a escuridão, passando aqui por uma moça que se vende, ali por uma velha que só tem fósforos a oferecer, atravessando a multidão que sai do metrô, mulheres com cabelos cobertos, passando afinal apenas por portas cerradas, batentes esculpidos e um solitário policial, Jacob chegou ao seu quarto, com Florinda pelo braço, e acendeu a lâmpada sem dizer uma palavra.

– Não gosto quando você faz essa cara – disse Florinda.

* * *

Trata-se de um problema insolúvel. O corpo subordina-se a um cérebro. A beleza anda de mãos dadas com a imbecilidade.

Ali sentava-se ela, olhando o fogo tal como olhara o pote quebrado de mostarda. Apesar de defender a indecência, Jacob não tinha certeza de apreciá-la sem refinamento. Tinha uma propensão intensa para a sociedade masculina, quartos fechados e obras clássicas; e sentia-se disposto a voltar-se com veemência para quem levasse esse tipo de vida.

Então Florinda pôs a mão no joelho dele.

Afinal de contas, não era culpa dela. Mas a ideia o entristeceu. Não são catástrofes, assassinatos, mortes, enfermidades que nos envelhecem e matam; é o modo como as pessoas olham e riem, e sobem correndo os degraus dos ônibus.

Contudo, quando ela o fitou, muda, meio adivinhando meio entendendo, talvez desculpando-se, de qualquer modo dizendo assim como ele dissera: "Não é culpa minha", o corpo ereto, magnífico, o rosto como uma concha lisa e brilhante em sua casca, então Jacob soube que as clausuras e os clássicos não adiantam nada. Trata-se de um problema insolúvel.

7

Por essa época, uma firma comercial ligada ao Extremo Oriente colocou no mercado pequenas flores de papel que desabrochavam ao tocar na água. Também era costume usar baciazinhas para lavar os dedos após o jantar, e a nova descoberta foi considerada de grande utilidade. Nesses lagos recônditos boiavam e deslizavam as pequenas flores coloridas; cavalgavam doces ondas escorregadias e por vezes afundavam, jazendo como seixos no fundo do vidro. Seus destinos eram acompanhados por olhos atentos e amáveis. Sem dúvida trata-se de uma grande descoberta, que une corações e ajuda a fundar novos lares. Era isso que as flores de papel faziam.

Não se pense, porém, que roubavam o lugar das flores naturais. Rosas, lírios, sobretudo cravos, espiavam por sobre as bordas dos vasos, contemplando as vidas brilhantes e as rápidas mortes de suas parentas artificiais. O Sr. Stuart Ormond comentou isso, e foi uma ideia encantadora; e Kitty Craster casou-se com ele seis meses depois. Só que as flores de verdade jamais poderão ser dispensadas. Se o fossem, a vida humana mudaria muito. Porque as flores fenecem; crisântemos são os piores; perfeitos à noite; na manhã seguinte, amarelos e exaustos – não estão preparados para serem vistos. No geral, embora muito caros, os cravos compensam mais; a dúvida é se devemos sustentá-los com arame. Algumas lojas aconselham. Certamente é a única maneira de conservá-los durante um baile; mas ainda não sabemos se isso é necessário em jantares, exceto em aposentos muito aquecidos. A velha Sra. Temple costumava recomendar uma folha de hera – uma só – mergulhada na jarra. Dizia que mantinha a água pura dias a fio. Contudo, há razões para acreditar que a velha Sra. Temple estivesse enganada.

* * *

Os cartõezinhos com nomes impressos, porém, são problema muito mais grave do que as flores. Mais pernas de cavalos foram consumidas e mais vidas de cocheiros desgastadas, mais horas de sólido tempo durante a tarde futilmente gastas do que seria necessário para ganharmos a Batalha de Waterloo com todas as vantagens. Os diabinhos são fonte de tantos adiamentos, calamidades, aflições, como a própria batalha. Às vezes, a Sra. Bonham acaba de sair; outras, está em casa. Contudo, mesmo se os cartões fossem eliminados, o que parece improvável, há forças obstinadas que transformam vidas em tempestades, perturbam as manhãs de trabalho, desfazem o equilíbrio da tarde – são os costureiros e as lojas de confecções. Seis jardas de seda cobrirão um corpo; mas se temos de inventar seiscentas formas diferentes de o fazer, e duas vezes o número de cores? E no meio disso tudo surge a questão urgente do pudim com enfeites de raminhos verdes e bolinhas de pasta de amêndoa. E quem ainda não chegou?

Os flamingos das horas esvoaçam macios no céu. Mas mergulham regularmente suas asas em azeviche; Notting Hill, por exemplo, ou os subúrbios de Clerkenwel. Não admira que o idioma italiano permaneça uma arte obscura, e o piano sempre toque a mesma sonata. A fim de comprar um par de meias elásticas para a Sra. Page, viúva, sessenta e três anos, pensão de cinco xelins da Previdência Social e o auxílio de seu único filho, empregado na tinturaria Mackie e sofrendo do peito no inverno, era preciso escrever cartas e preencher colunas com a mesma letra redonda e simples com que escrevia, no seu diário, como o tempo estava bonito, as crianças uns demônios, e Jacob Flanders tão antissocial. Clara Durrant conseguiu as meias, tocou a sonata, encheu as jarras, fez o pudim, entregou os cartões, e, quando foi descoberta a grande invenção das flores de papel boiando em bacias para lavar os dedos, foi ela uma das que mais se maravilhou com suas vidas efêmeras.

Nem faltavam poetas para celebrar o tema. Edwin Mallet, por exemplo, escreveu seus versos concluindo:

* * *

"E leem seu destino nos olhos de Cloé"

* * *

O que fez Clara corar à primeira leitura, e rir na segunda, dizendo que era bem do feitio dele, chamá-la de Cloé quando seu nome era Clara. Que rapaz ridículo! Mas quando, entre dez e onze de uma manhã chuvosa, Edwin Mallet colocou a vida aos pés dela, Clara saiu correndo da sala e escondeu-se no quarto, e Timothy, lá embaixo, não pôde prosseguir o trabalho naquela manhã, por causa dos seus soluços.

– Esse é o resultado de se divertir tanto – disse a Sra. Durrant severamente, olhando o carnê das danças, todo marcado com as mesmas iniciais, ou melhor: dessa vez eram diferentes: R. B. em lugar de E. M.; agora era Richard Bonamy, o rapaz com nariz de Wellington.

– Mas eu jamais poderia me casar com um homem com um nariz daqueles – disse Clara.

– Bobagem – replicou a Sra. Durrant.

Sou severa demais, pensou consigo mesma. Pois, perdendo toda a alegria, Clara rasgou o carnê de danças e jogou-o no guarda-fogo.

Essas foram as graves consequências da invenção das flores de papel flutuando em pequenas bacias.

* * *

— Por favor — disse Julia Eliot, tomando sua posição junto da cortina, quase em frente à porta — não me apresente. Gosto apenas de dar uma olhada. A coisa mais divertida — continuou, dirigindo-se ao Sr. Salvin, que, por ser manco, estava acomodado numa cadeira —, a coisa mais divertida numa festa é observar as pessoas indo e vindo, indo e vindo.

— Da última vez que nos encontramos — disse o Sr. Salvin — foi nos Farquhars. Pobre senhora! Ela tem muito que enfrentar.

— Não é encantadora? — exclamou a Srta. Eliot quando Clara Durrant passou por eles.

— E qual deles?... — perguntou o Sr. Salvin baixando a voz e falando num tom esquisito.

— Há tantos... — respondeu a Srta. Eliot. Três rapazes parados na porta procuravam sua anfitriã.

— Você não se recorda de Elizabeth como eu — disse o Sr. Salvin —, dançando a dança escocesa em Banchorie. Clara não tem a vivacidade da mãe. Clara é um pouco pálida.

— Como se vê gente diferente aqui! — observou a Srta. Eliot.

— Felizmente não somos governados pelos jornais vespertinos — disse o Sr. Salvin.

— Nunca os leio — retrucou a Srta. Eliot. — Não sei nada de política — acrescentou.

— O piano está afinado — disse Clara passando por eles —, mas talvez tenhamos de pedir que alguém o empurre para nós.

— Vão dançar? — perguntou o Sr. Salvin.

— Ninguém vai incomodá-lo — disse a Sra. Durrant imperiosamente ao passar.

— Julia Eliot. Mas é *Julia Eliot!* — exclamou a velha Lady Hibbert, estendendo as duas mãos. — E o Sr. Salvin. O que vai acontecer conosco, Sr. Salvin? Com toda a minha experiência em política inglesa, Deus do céu, ontem à noite pensei em seu pai, um dos meus mais velhos amigos, Sr. Salvin. E não me diga que meninas de dez anos são incapazes de amar! Eu sabia de cor todo o meu Shakespeare antes de entrar na adolescência, Sr. Salvin!

– Não diga – disse o Sr. Salvin.

– Digo sim – disse Lady Hibbert.

– Oh, Sr. Salvin, sinto tanto...

– Sairei daqui se a senhorita tiver a bondade de me ajudar – disse o Sr. Salvin.

– O senhor vai sentar junto de minha mãe – disse Clara. – Todo mundo parece vir para cá. Sr. Calthorp, deixe-me apresentá-la a Srta. Edwards.

* * *

– A senhorita vai viajar no Natal? – disse o Sr. Calthorp.

– Se meu irmão receber sua licença – disse a Srta. Edwards.

– Qual é o regimento dele? – disse o Sr. Calthorp.

– O Vigésimo dos Hussardos – disse a Srta. Edwards.

– Talvez ele conheça o meu irmão – disse o Sr. Calthorp.

– Receio não ter entendido o seu nome – disse a Srta. Edwards.

– Calthorp – disse o Sr. Calthorp.

– Mas que prova existe de que a cerimônia do casamento realmente se efetivou? – disse o Sr. Crosby.

– Não há motivo para duvidar de que aquele Charles James Fox... – começou o Sr. Burley; mas então a Srta. Stretton lhe contou que conhecia muito bem a irmã dele; estivera com ela menos de seis semanas atrás e achara a casa encantadora, embora desolada no inverno.

* * *

– Andando por aí do modo que as moças hoje em dia andam... – disse a Sra. Forster.

O Sr. Bowley olhou em torno e, avistando Rose Shaw, dirigiu-se a ela, estendeu as mãos e exclamou:

– Então!

– Nada! – respondeu ela. – Nada de nada, embora eu os deixasse sozinhos a tarde toda, de propósito.
– Meu Deus, meu Deus – disse o Sr. Bowley. – Vou convidar Jimmy para o café.
– Quem poderia resistir a ela? – gritou Rose Shaw. – Clara, querida, sei que não devemos tentar impedi-la...
– A senhora e o Sr. Bowley estão fazendo mexericos horríveis, eu sei – disse Clara.
– A vida é má. A vida é detestável! – exclamou Rose Shaw.

* * *

– Não há muito o que dizer sobre essa espécie de coisa, há? – perguntou Timothy Durrant a Jacob.
– Mulheres gostam.
– Gostam de quê? – disse Charlotte Wilding aproximando-se.
– De onde você veio? – disse Timothy. – Jantando em algum lugar, suponho.
– Não vejo por que não – disse Charlotte.
– É para descerem todos ao térreo – disse Clara passando. – Leve Charlotte, Timothy. Como vai, Sr. Flanders?
– Como vai, Sr. Flanders – disse Julia Eliot estendendo a mão. – O que está acontecendo com o senhor?

"Quem é Sílvia? O que é ela?
Por que todos os jovens a louvam?"

– cantava Elsbeth Siddons.
Todos estavam em pé, ou sentavam-se onde havia uma cadeira desocupada.
– Ah – suspirou Clara, parada ao lado de Jacob metade do tempo.

"Então cantemos em honra de Sílvia,
pois Sílvia é superior;
ela supera qualquer coisa mortal
sobre essa terra insípida.
Levemos-lhe guirlandas de flores"

– cantava Elsbeth Siddons.

– Ah! – exclamou Clara bem alto, batendo as mãos enluvadas; e Jacob bateu as suas, despidas; e então ela moveu-se para diante pedindo às pessoas no umbral que entrassem.

– Está morando em Londres? – perguntou a Srta. Julia Eliot.

– Sim – respondeu Jacob.

– Quarto alugado?

– Sim.

– Ali está o Sr. Clutterbuck. A gente sempre encontra o Sr. Clutterbuck aqui. Receio que ele não se sinta muito feliz em casa. Dizem que a Sra. Clutterbuck... – ela baixou a voz. – É por isso que ele fica com os Durrants. Esteve presente quando representaram a peça do Sr. Wortley? Ah, não, claro que não. No último momento, sabe... O senhor teve de ir ver sua mãe, agora me lembro, em Harrogate. No último momento, eu estava dizendo, quanto tudo estava pronto, as roupas e tudo... Agora Elsbeth vai cantar de novo. Clara vai tocar para acompanhá-la, ou virar as páginas para o Sr. Carter. Não, o Sr. Carter vai tocar sozinho... Isso é Bach – sussurrou, quando Sr. Carter tocou os primeiros compassos.

* * *

– Gosta de música? – perguntou a Sra. Durrant.

– Sim, gosto de escutar – respondeu Jacob. – Mas não entendo nada.

– Muito pouca gente entende – disse a Sra. Durrant. – Suponho que nunca lhe ensinaram. Por que acontece isso, Sir Jasper?... Sir Jasper Gigham... Sr. Flanders... Por que não ensinam a ninguém o que deveria ser ensinado, Sir Jasper? – Ela os deixou parados junto à parede.

Nenhum dos dois cavalheiros disse coisa alguma por três minutos, e Jacob deslizou talvez cinco polegadas para a esquerda, e a mesma quantidade para a direita. Depois emitiu um grunhido e subitamente atravessou a sala.

– Quer vir comigo, comer alguma coisa? – disse a Clara Durrant.

– Sim, um sorvete. Depressa. Agora – disse ela.

Desceram as escadas.

Mas a meio caminho encontraram o Sr. e a Sra. Gresham, Herbert Turner, Sylvia Rashleigh, e um amigo da América, que tinham se atrevido a trazer, "sabendo que a Sra. Durrant desejava apresentá-la ao Sr. Pilcher" – O Sr. Pilcher, de Nova York. – Esta é a Srta. Durrant.

– De quem ouvi falar tanto – disse o Sr. Pilcher fazendo uma funda mesura.

* * *

Assim Clara deixou Jacob.

8

À s nove e meia Jacob saiu da casa, batendo a sua porta, batendo outras portas, comprando seu jornal, entrando no seu ônibus, ou, se o tempo permitisse, caminhando como outras pessoas faziam. Cabeça baixa, uma escrivaninha, um telefone, livros encadernados em couro verde, luz elétrica... "Mais carvão, senhor?" "Seu chá, senhor..." Falar em futebol, os Hotspurs, os Arlequins; seis e meia, o *Star* trazido pelo contínuo; as torres de Gray's Inn passando por cima; ramos no nevoeiro, finos e frágeis; e através da zoeira do tráfego, de vez em quando uma voz gritando: "Decisão... decisão... ganhador... ganhador", enquanto cartas se acumulavam num cesto. Jacob as assinava, e a noite sempre o encontra com algum músculo do cérebro mais tenso, quando ele apanha o casaco.

Às vezes, um jogo de xadrez; ou cinema em Bond Street, ou uma longa caminhada para casa, a fim de tomar ar, com Bonamy pelo braço, marchando meditativos, cabeças para trás, o mundo um espetáculo, a lua por sobre os campanários aparecendo precoce para ser elogiada, as gaivotas voando alto, Nelson em sua coluna vigiando o horizonte – e o mundo, nosso navio.

Enquanto isso, chegando pela segunda entrega do correio, a carta da pobre Betty Flanders estava na mesa do vestíbulo – pobre

Betty Flanders, escrevendo o nome de seu filho, Jacob Alan Flanders, Esq., como as mães costumam fazer, e a tinta pálida, pródiga, sugerindo como as mães de Scarborough rabiscam junto da lareira, com os pés sobre o guarda-fogo, quando o chá já foi retirado; sem jamais, jamais chegar a dizer... o quê? O que poderia ser? Provavelmente: "Não ande com mulheres ruins; seja um bom rapaz, vista as camisas grossas; e volte, volte, logo para mim".

Mas ela não dizia nada desse teor. "Você se lembra da velha Srta. Wargrave, que costumava ser tão bondosa quando você teve coqueluche?", escrevia. "Finalmente ela morreu, coitada. Eles ficariam muito contentes se você lhes escrevesse. Ellen veio me ver e passamos um belo dia fazendo compras. O velho Mouse está muito emperrado, mal consegue andar colina acima. Finalmente, depois de não sei quanto tempo, Rebeca foi ver o Sr. Adamson. Ele diz que é preciso arrancar três dentes. Faz um tempo tão brando para essa época do ano, há até pequenos botões nas pereiras. E a Sra. Jarvis me diz..." A Sra. Flanders gostava da Sra. Jarvis, sempre dizia que ela era distinta demais para morar num lugarejo tão retirado como Scarborough; e, embora nunca escutasse seus dissabores, e sempre acabasse por interrompê-la (erguendo o olhar, molhando o fio de linha ou tirando os óculos) para dizer que um pouco de turfa enrolada nas raízes das íris as protegia da geada, e que a grande liquidação da Parrot seria na próxima terça-feira ("não se esqueça") – a Sra. Flanders compreendia muito bem como a Sra. Jarvis se sentia; como eram interessantes as suas cartas a respeito da Sra. Jarvis, podia-se lê-las ano após ano – essas inéditas obras femininas, escritas perto da lareira numa pálida prodigalidade de tinta que elas põem a secar junto às chamas, pois que o mata-borrão estava esburacado, e a pena fendida e cheia de grumos. E quanto ao Capitão Barfoot – ela o chamava "o capitão" –, falava nele com franqueza, embora sempre com reserva. O capitão estava investigando para ela a respeito da propriedade dos Garfits; aconselhava a criação de galinhas; prometia lucros; ou estava com ciática; ou a Sra. Barfoot estivera acamada por semanas a fio; ou o capitão afirma que as coisas andam ruins, quer dizer, a política, pois, como Jacob sabia, o capitão, às vezes, ou quando a noite empalidecia, falava na Irlanda ou na Índia; e a Sra. Flanders começaria a cismar sobre seu irmão Morty, sumido todos esses anos – será que os nativos o tinham aprisionado, o navio naufragado –, será que o Almirantado diria a ela? – Batendo o cachimbo para esvaziá-lo, Jacob sabia, o capitão se ergueria para partir, esticando-se rígido para apanhar o novelo de lã da Sra. Flanders, que rolara para baixo da cadeira. A conversa sobre criação de galinhas voltava sempre, pois esta mulher, aos cinquenta, coração impulsivo, esboçava contra o fundo nebuloso do futuro seus sonhos com inumeráveis bandos de Leghorns, Conchinchinas, Orpingtons; vigorosa como Jacob; ativa e robusta como ele; correndo pela casa toda e aborrecendo Rebeca.

A carta jazia na mesa do vestíbulo; entrando naquela noite, Florinda trouxe-a consigo, colocou-a na mesa quando beijou Jacob; reconhecendo a letra, Jacob deixou-a ali sob a lâmpada, entre o pote de biscoitos e a caixa de fumo. Fecharam atrás de si a porta do quarto de dormir.

A pequena sala de estar não sabia de nada, nem se importava. A porta foi fechada; e supor que, ao ranger, a madeira transmite outra mensagem além de que há ratos laboriosos e madeira seca é uma infantilidade. Essas casas velhas são apenas tijolo e madeira, encharcados de suor humano, ásperos de sujeira humana. Contudo, se um envelope azul-pálido perto da caixa de biscoitos contivesse as emoções de uma mãe, o coração dela se partiria com o pequeno rangido, o súbito movimento. Atrás da porta reinava a coisa obscena, a presença alarmante; e o terror a assolaria como a morte ou como as dores do parto. Melhor, talvez, correr até lá e enfrentar a realidade, do que sentar-se na antecâmara ouvindo o pequeno rangido, o súbito movimento, pois o coração dela estava inchado e atormentado pela dor. Meu filho, meu filho – seria este o seu lamento, pronunciado para abafar a visão dele deitado com Florinda, espetáculo imperdoável, irracional, para uma mulher com três filhos vivendo em Scarborough. E a culpa era de Florinda. Na verdade, quando a porta se abriu e o casal saiu, a Sra. Flanders teria se lançado sobre ela – mas foi Jacob quem apareceu primeiro, vestindo seu robe, amável, autoritário, magnificamente saudável, como uma criança depois de um passeio, olhos claros como água corrente. Florinda veio logo após, espreguiçando-se; bocejando um pouco; arranjando o cabelo em frente ao espelho enquanto Jacob lia a carta da mãe.

* * *

Pensemos em cartas – em como chegam na hora do café da manhã e à noite, com seus selos amarelos e os verdes, imortalizados pelo carimbo postal – pois ver o nosso próprio envelope na mesa de outra pessoa é entender com que rapidez nossos textos nos deixam e se tornam alheios. O poder da mente de abandonar o corpo é fato óbvio, e talvez tenhamos medo, ou ódio, ou desejemos aniquilar esse fantasma de nós mesmos jazendo ali na mesa. Ainda assim, há cartas que simplesmente dizem sobre tal jantar às sete; outras encomendam carvão; ou marcam encontros. A mão que as escreveu é quase imperceptível – quanto mais a voz ou a expressão do olhar. Ah, mas quando o carteiro bate e a carta chega, o milagre parece sempre repetido – a linguagem que tenta falar. Veneráveis são as cartas, infinitamente audaciosas, desamparadas, e perdidas.

Sem elas a vida se esgarçaria. "Venha para o chá, venha jantar, qual é a verdade sobre aquele caso? Você ouviu as novidades? A vida na capital é divertida; os dançarinos russos..." Tais são nossos apoios, nossas escoras. São eles que entretecem nossos dias uns nos outros e fazem da vida uma esfera perfeita. E ainda assim, ainda assim... quando vamos ao jantar, quando apertamos pontas de dedos e esperamos nos encontrar, logo, de novo, em algum lugar, uma dúvida se insinua; é essa a maneira de gastarmos nossos dias? Os raros, os limitados, tão depressa perdidos dias – tomando chá? Jantando fora? E os bilhetes se acumulam. E os telefones tocam. Onde quer que estejamos, fios e tubos nos rodeiam para levarem nossas vozes, que tentam penetrar antes que o último cartão seja mandado e os dias se acabem. "Tentam penetrar", porque, quando erguemos a taça, e apertamos a mão, e expressamos tal desejo, alguma coisa sussurra: isso é tudo? Jamais poderei saber, partilhar, ter certeza? Estarei condenada todos os meus dias a escrever cartas, a enviar vozes que caem sobre a mesa do chá, fenecem nos corredores, marcando encontros para jantar, enquanto a vida vai se encolhendo? Ainda assim, porém, as cartas são veneráveis; e o telefone necessário, pois a jornada é solitária e, se estamos vinculados por bilhetes e telefonemas, andamos acompanhados – quem sabe? –, talvez possamos conversar no caminho.

Sim, houve aqueles que tentaram. Byron escreveu cartas. Cowper também. Por séculos a fio as escrivaninhas abrigaram folhas de papel para comunicações entre amigos. Mestres da língua, antigos poetas, voltaram-se da folha eterna para a folha perecível, afastando a bandeja do chá, chegando perto do fogo (pois cartas escrevem-se quando a treva se comprime em torno de uma luminosa caverna vermelha), e entregaram-se à tarefa de alcançar, tocar, penetrar o coração dos indivíduos. Como se isso fosse possível! Mas as palavras têm sido demasiadamente usadas; manipuladas e reviradas, expostas à poeira das ruas. As palavras que não buscamos pendem junto da árvore. Chegamos ao amanhecer e as encontramos, dóceis, frescas, debaixo das folhas.

A Sra. Flanders escrevia cartas; a Sra. Jarvis as escrevia; a Sra. Durrant também; a mãe Stuart, na verdade, perfumava suas cartas, acrescentando-lhes com isso uma nuance que a língua inglesa não consegue propiciar; Jacob escrevera em outros tempos longas cartas sobre arte, moral e política, a seus camaradas do colégio. As cartas de Clara Durrant eram as de uma criança. Florinda – o obstáculo entre Florinda e uma caneta era algo insuperável. Imagine-se uma borboleta, mosquito ou outro inseto alado, sujo de lama, que se amarra a uma vareta para fazer traços na página. Sua ortografia era abominável. Suas emoções, infantis. E por alguma razão, quando escrevia, declarava sempre sua fé em Deus. E havia cruzes riscando palavras, manchas de lágrimas, e a letra desconexa, redimida apenas pelo fato – que sempre redimiu Florinda – de que ao fim e ao cabo ela era realmente sincera. Sim, quer se tratasse de bombons de chocolate, ou banho quente, ou o formato do seu rosto no espelho, Florinda não sabia fingir emoção assim como não conseguia engolir uísque. Sua rejeição era imediata. Grandes homens são ingênuos, e essas pequenas prostitutas, olhando para o fogo, tomando de uma esponja de pó, retocando os lábios a uma polegada de distância, têm (assim pensava Jacob) uma fidelidade inviolável.

Foi então que ele a viu subindo Greek Street pelo braço de outro homem.

* * *

A luz do lampião do arco inundava-o da cabeça aos pés. Por um minuto ficou ali parado imóvel, debaixo dela. Sombras manchavam a rua. Outros vultos, isolados ou juntos, emergiram, passaram oscilantes, impediram-no de ver Florinda e o homem.

A luz banhava Jacob da cabeça aos pés. Podia-se ver o padrão do tecido de suas calças; os velhos nós de sua bengala; os cadarços dos sapatos; as mãos nuas; e o rosto.

Era como se uma pedra tivesse sido triturada em pó; como se fagulhas brancas jorrassem de uma pedra lívida, que era a sua espinha; como se uma montanha-russa, descendo às profundezas, tombasse, tombasse, tombasse. Era o que aparecia em seu rosto.

Quanto a saber o que se passava em sua mente, é outro problema. Dando-lhe dez anos de idade a mais, e a diferença de sexo, a primeira coisa que sentimos é medo do que ele é capaz de fazer. Depois, esse medo é submergido pelo desejo de ajudar – não obstante a razão, o bom senso, e essa hora da noite; logo depois, viria a raiva – contra Florinda, contra o destino; e depois ainda, haveria de borbulhar um irresponsável otimismo. "Claro que nesse momento há bastante luz na rua para afogar todas as nossas preocupações em ouro!" Ah, mas de que adianta dizer tais coisas? No mesmo instante em que as formulamos, ou o olhamos por cima do ombro, na direção de Shaftesbury Avenue, o destino está cravando o dente em Jacob. Ei-lo que se vira para partir. Quanto a segui-lo de volta aos seus aposentos – não, não faremos isso.

No entanto, é precisamente isso que faremos. Ele entra e fecha a porta, embora sejam apenas dez horas, conforme as batidas de um dos relógios da cidade. Ninguém pode ir para cama às dez. Ninguém pensa em ir para a casa às dez horas. É janeiro e o tempo está sinistro, mas a Sra. Wagg permanece parada no degrau da sua porta, como se à espera de que algo aconteça. Um realejo canta como um rouxinol obsceno debaixo de folhas molhadas. Crianças correm pela rua. Aqui e ali entreveem-se lambris marrons, pela porta de um vestíbulo... O caminho que o pensamento segue sob janelas alheias é bastante bizarro: num momento, distraído por lambris marrons; no outro, por uma samambaia num vaso; aqui, improvisando novas frases para dançar com o realejo; ali, extraindo hilaridade do espetáculo incongruente de um bêbado; ou absorvendo-se inteiramente nas palavras que os pobres gritam uns para os outros por cima da rua (tão francos, tão vigorosos) – ainda assim, porém, conservando sempre por centro e ímã um rapaz solitário em seu quarto.

* * *

– A vida é má. A vida é detestável – exclamara Rose Shaw.

O estranho em relação à vida é que, embora sua natureza deva ter sido evidente para todo mundo há centenas de anos, ninguém deixou o registro adequado. As ruas de Londres estão mapeadas; nossas paixões, não. O que vamos encontrar, ao dobrar essa esquina?

"Holborn fica bem em frente", diz o policial. Ah, mas aonde você irá parar, se, em vez de passar raspando pelo velho de barba branca, medalha de prata e violino barato, deixar que ele prossiga com sua história, que termina com um convite para ir a algum lugar, provavelmente o quarto dele perto de Queen's Square, onde lhe mostrará uma coleção de ovos de pássaro e uma carta do secretário do Príncipe de Gales, e isso (saltando as fases intermediárias) fará você recordar um dia de inverno na costa de Essex, onde o barquinho se dirige ao navio, e o navio parte, e você contempla a linha do horizonte nos Açores; e os flamingos se alçam; e você está sentado na beira de um charco tomando ponche de rum, um marginal da civilização, porque cometeu um crime, provavelmente está infectado de febre amarela e – preencha o espaço como quiser.

Tão frequentes quanto as esquinas de Holborn são esses hiatos na continuidade dos nossos caminhos. Ainda assim, seguimos em frente.

* * *

Falando de maneira bastante emocionada com o Sr. Bowley, na recepção da Sra. Durrant, algumas noites atrás, Rose Shaw afirmou que a vida era má, porque um homem chamado Jimmy se recusava a casar-se com uma mulher chamada (se a memória é correta) Helen Aitken.

Ambos eram belos. Ambos apáticos. A mesa de chá oval invariavelmente os separava, o prato de biscoitos era tudo o que ele oferecia a ela. Ele se inclinava; ela baixava a cabeça. Dançavam. Ele dançava divinamente. Sentavam-se na alcova; nunca se diziam uma palavra. O travesseiro dela estava molhado de pranto. O bondoso Sr. Bowley e a querida Rose Shaw espantavam-se e deploravam uma coisa dessas. Bowley alugava quartos no Albany. Rose renascia cada noite, precisamente quando o relógio batia oito horas. Os quatro eram triunfos da civilização, e, se você insistir em dizer que o domínio da língua inglesa é parte da nossa herança, alguém poderá apenas retrucar que a beleza é geralmente muda. Beleza masculina associada a beleza feminina provoca no espectador uma sensação de medo. Vi-os muitas vezes – Helen e Jimmy – e comparei-os a navios desgovernados, e temi pelo meu próprio pequeno barco. Ou – usando outra comparação – alguma vez você já observou belos cães *collie* deitados a vinte jardas de distância? Quando ela passou a xícara, seus flancos ondularam. Bowley viu o que acontecia, e convidou Jimmy para o café da manhã. Helen terá feito confidências a Rose. De minha parte, acho extraordinariamente difícil interpretar canções sem palavras. Agora, Jimmy alimenta gralhas nas Flandres e Helen frequenta hospitais. Ah, a vida é detestável, a vida é má, como disse Rose Shaw.

* * *

Os lampiões de Londres detêm a escuridão como na ponta de baionetas ardentes. O dossel amarelo baixa e infla sobre a grande cama de quatro colunas. Passageiros nas carruagens correndo para Londres no século XVIII olhavam através das ramagens despidas e viam-na chamejar abaixo deles. A luz arde através de persianas amarelas e persianas rosadas, e por cima as claraboias e abaixo as janelas de porões. O mercado da rua no Soho está doidamente iluminado. Carne crua, canecos de porcelana, meias de seda ardem nessa luz. Vozes ásperas enrolam-se nos resplandecentes bicos de gás. Mãos nos quadris, lá estão na calçada, berrando – os Srs. Kettle e Wilkinson; suas esposas estão sentadas na loja, peliças envolvendo o pescoço, braços cruzados, olhos repletos de desdém. Os rostos que vemos! O homenzinho enfiando os dedos na carne deve ter-se agachado diante do fogo em inumeráveis hospedarias, e escutado e visto e sabido tanta coisa que tudo parece agora emergir volúvel dos olhos escuros, dos lábios frouxos, enquanto ele remexe na carne, silencioso, rosto triste como o de um poeta, jamais cantando uma canção. Mulheres envoltas em xales carregam bebês de pálpebras roxas; meninos postam-se nas esquinas; meninas olham do outro lado da rua – ilustrações grosseiras, retratos num livro cujas páginas viramos e reviramos como se tivéssemos de encontrar, afinal, o que procuramos. Cada rosto, cada loja, janela de quarto de dormir, prédio público, praça escura, é uma ilustração que viramos febrilmente – à procura de quê? Com os livros acontece a mesma coisa. O que buscamos em milhões de páginas? E ainda viramos páginas, cheios de esperança... Ah, aqui está o quarto de Jacob.

* * *

Ele estava sentado junto da mesa e lia o *Globe*, a folha rosada estendida diante dele. Jacob apoiava o rosto na mão, de modo que a pele da sua face se enrugava em fundas dobras. Parecia terrivelmente severo, decidido, e desafiador. (Que pessoas passam numa meia hora! Mas nada podia salvá-lo. Esses fatos são traços da nossa paisagem. Um estrangeiro, chegando a Londres, dificilmente deixa de ver St. Paul.) Jacob julgava a vida. Esses jornais rosados e esverdeados são tênues folhas de gelatina comprimidas à noite sobre o cérebro e o coração do mundo. E assumem a impressão de tudo. Jacob punha os olhos nisso. Uma greve, um assassinato, futebol, cadáveres encontrados; vociferação de todas as partes da Inglaterra ao mesmo tempo. Que miséria esse jornal não ter nada melhor a oferecer a Jacob Flanders! Quando uma criança começa a ler história, ficamos melancolicamente espantados ouvindo-a soletrar em sua voz recém-articulada as palavras antigas.

O discurso do primeiro-ministro estava reproduzido em mais de cinco colunas. Apalpando o bolso, Jacob tirou o cachimbo e começou a enchê-lo. Cinco, dez, quinze minutos se passaram. Jacob levou o jornal para junto do fogo. O primeiro-ministro propunha que se desse à Irlanda uma Constituição própria. Jacob bateu o cachimbo para esvaziá-lo. Certamente estava pensando na Constituição da Irlanda – questão muito complexa. Noite muito fria.

* * *

A neve que caíra a noite toda jazia sobre os campos e a colina, às três da tarde. Touceiras de capim ressequido erguiam-se no topo da colina; os arbustos de tojo negrejavam, e aqui e ali um frêmito escuro atravessava a neve quando o vento impelia rajadas de partículas congeladas à sua frente. O som era o de uma vassoura varrendo – varrendo.

A torrente rastejava ao longo da estrada e ninguém a via. Paus e folhas presos à grama congelada. O céu de um cinza sombrio e as árvores de ferro negro. A severidade do campo era inflexível. Às quatro a neve caía novamente. Apagava-se o dia.

Uma janela pintada de amarelo, com dois pés de diâmetro, era a única coisa a enfrentar os campos brancos e as árvores escuras... Às seis, o vulto de um homem carregando uma lanterna atravessou o campo... Um feixe de ramos secos encalhou numa pedra, de repente libertou-se e esvoaçou na direção do bueiro... Um bloco de neve escorregou e caiu de um ramo de abeto. Mais tarde, um grito lamentoso... Um automóvel veio pela estrada, impelindo a escuridão à sua frente... As trevas fecharam-se novamente atrás...

Espaços de absoluta imobilidade separavam cada um desses movimentos. A terra parecia jazer morta... Então o velho pastor voltou hirto através do campo. A terra congelada, pisoteada rígida e doloridamente, ressoava como um tambor. As vozes desgastadas dos relógios repetiam o acontecimento das horas, a noite toda.

* * *

Jacob também as ouviu e apagou o fogo. Espreguiçou-se. Foi para a cama.

9

A Condessa de Rocksbier estava sentada na cabeceira da mesa, sozinha com Jacob. Alimentada com champanhe e especiarias, há pelo menos dois séculos (se contarmos sua linhagem feminina), a Condessa Lucy parecia bem nutrida. Tinha um nariz discriminador de odores, prolongado como se procurasse por eles; seu lábio inferior avançava numa estreita saliência rubra; os olhos eram pequenos, com tufos arenosos em lugar das sobrancelhas, e os maxilares eram pesados. Atrás dela (a janela abria para Grosvenor Square) estava Moll Pratt na calçada, oferecendo violetas, e a Sra. Hilda Thomas, erguendo as saias, preparava-se para atravessar a rua. Uma era de Walworth; outra, de Putney. Ambas usavam meias pretas, mas a Sra. Thomas estava envolta em peles. A comparação favorecia consideravelmente Lady Rocksbier. Moll tinha mais humor, mas era violenta, e burra também. Hilda Thomas era hipócrita, todas as suas molduras prateadas estavam fora de prumo, expunha taças para ovos quentes na sala de visitas, e janelas sempre fechadas por cortinas. Apesar das deficiências do seu perfil, Lady Rocksbier fora excelente amazona nas caçadas. Usava a faca com autoridade, partia os ossos do frango com as mãos, pedindo desculpas a Jacob.

– Quem está passando? – perguntou a Boxall, o mordomo.

– A carruagem de Lady Fittlemere, senhora – coisa que a lembrou de mandar um cartão indagando da saúde do lorde. *Velha bem rude essa*, pensou Jacob. O vinho era excelente. Ela chamava a si própria de "velha" – "Tão amável vir almoçar com uma velha" – o que deixou Jacob lisonjeado. Ela falava de Joseph Chamberlain, a quem conhecera. Disse que Jacob não podia deixar de vir e encontrar... uma das nossas celebridades. E Lady Alice entrou com três cães numa trela, e Jackie, que correu para beijar sua avó, enquanto Boxall trazia um telegrama, e deram um bom charuto a Jacob.

* * *

Alguns momentos antes de saltar, o cavalo reduz o passo, move-se de lado, concentra-se, ergue-se como uma onda enorme, e cai do outro lado. Sebes e céu giram num semicírculo. Então, como se o nosso próprio corpo disparasse dentro do corpo do cavalo, e fossem nossas patas dianteiras embutidas nas dele que saltam, varando o ar, lá vamos nós, o solo elástico, os corpos uma massa de músculos, e ainda assim temos de comandar, com calma ereta, os olhos avaliando, acurados. Depois as curvas cessam, mudam para marteladas vibrantes; e sobe-se, num solavanco; isenta-se um pouco para trás, cintilando, zunindo, esmaltado de gelo por cima das artérias pulsantes, ofegando: "Ah! Ho! Hah!", o vapor desprendendo-se dos cavalos quando estes se chocam nas encruzilhadas onde fica o marco do caminho, e uma mulher de avental olha, postada na entrada da porta. Um homem ergue-se dentre os repolhos, para olhar também.

Assim galopava Jacob pelos campos de Essex, atolava na lama, perdia a caça, andava sozinho a comer sanduíches, espiava por cima das sebes, notava as cores que pareciam recentemente brunidas, e amaldiçoava a sua sorte.

Ele tomou chá na Estalagem; ali estavam todos, batendo palmas, pateando, dizendo "você primeiro", lacônicos, rudes, jocosos, vermelhos como barbelas de peru, usando uma linguagem livre até que a Sra. Horsefield e sua amiga Sra. Dudding apareceram na porta com as saias arrepanhadas, o cabelo caindo. Então Tom Dudding bateu na janela com seu chicote. Um automóvel roncou no pátio. Cavalheiros saíram, procurando fósforos nos bolsos, e Jacob dirigiu-se ao bar com Brandy Jones para fumar na companhia dos camponeses. Lá estava o velho Jevons, que perdera um olho, roupas cor de lama, sacola nos ombros, cérebro enterrado muitos pés abaixo da terra entre raízes de violeta e raízes de urtiga; Mary Sanders com sua caixa de madeira; e Tom pediu cerveja, o filho retardado do coveiro – tudo isso a trinta milhas de Londres.

* * *

A Sra. Papworth, de Endell Street, Covent Garden, trabalhava para o Sr. Bonamy em New Square, Lincoln's Inn; quando lavava as louças do jantar numa bacia, ouviu os jovens cavalheiros falando no quarto ao lado. O Sr. Sanders estava lá outra vez – ela se referia a Flanders. Quando uma senhora de idade entende um nome trocado, que chance há de que relate com fidelidade uma briga? Enquanto mantinha os pratos debaixo da torneira, colocando-nos depois na pilha debaixo do gás sibilante, ela escutou: Sanders falava em tom alto e bastante arrogante: "Bom", ele disse, e "absoluto", e "justiça", e "castigo", e "desejo da maioria". Depois foi o patrão dela que começou a falar; e ela mentalmente lhe dava força na busca de um argumento contra Sanders. Sanders, porém, era um rapaz distinto (nisso, todos os restos de comida começaram a girar na pia, perseguidos por suas mãos roxas, quase sem unhas): *Mulheres* – pensou e imaginou o que Sanders e seu patrão fariam *nesse* terreno, uma pálpebra baixando imperceptivelmente enquanto ela fantasiava, pois era mãe de nove: três natimortos, um surdo-mudo de nascença. Colocando os pratos na prateleira, ouviu Sanders mais uma vez. (Ele não dá uma chance a Bonamy, pensou). "Ter um objetivo", disse Bonamy, e "fundamentos comuns", e mais alguma coisa – tudo palavras muito compridas, notou ela. É o estudo dos livros que faz isso, pensou, e, enquanto enfiava os braços no casaco, escutou qualquer coisa – podia ser a mesinha perto da lareira – caindo; e depois batidas, batidas, batidas como se estivessem brigando – ao redor do quarto, fazendo dançar os pratos.

– O que vai querer para o café da manhã, senhor? – disse ela, abrindo a porta; e lá estavam Sanders e Bonamy como dois touros, empurrando-se e fazendo enorme confusão, e todas aquelas cadeiras no caminho. Não perceberam a mulher. Ela sentiu-se maternal. – E para o café, amanhã de manhã, senhor? – disse quando se aproximaram. E Bonamy, cabelo desalinhado, gravata frouxa, parou e empurrou Sanders para a poltrona, dizendo que o Sr. Sanders quebrara o pote de café, e que ia ensinar ao Sr. Sanders...

De fato, o pote de café estava quebrado no chão.

* * *

"Qualquer dia desta semana menos terça", escreveu a Srta. Perry, e de modo algum era o primeiro convite. Estariam todas as semanas da Srta. Perry livres com exceção de terça, e era seu único desejo ver o filho da velha amiga? O tempo brota em longas fitas brancas para senhoritas idosas e ricas. Elas as vão trançando, trançando e trançando, assistidas por cinco criadas e um mordomo, um belo papagaio mexicano, refeições regulares, a assinatura de livros da Livraria Mudie, e amigos chegando. Já se sentia um pouco magoada porque Jacob ainda não a visitara.

– Sua mãe é uma das minhas amigas mais antigas – disse.

Sentada junto à lareira, segurando o *Spectator* entre o rosto e o calor do fogo, a Srta. Rosseter recusou de início uma proteção para as chamas, mas depois aceitou-a. Então discutiram o tempo, após o que, em deferência a Parkes, que abria mesinhas, adiaram os assuntos mais sérios. A Srta. Rosseter chamou a atenção de Jacob para a beleza de um armário.

– Ela é tão maravilhosamente esperta para descobrir coisas – disse esta. A Srta. Perry encontrara-o em Yorkshire. Depois teceram comentários sobre o norte da Inglaterra. E, quando Jacob falou, ambas escutaram. A Srta. Perry procurava algo adequado para dizer, quando a porta se abriu e o Sr. Benson foi anunciado. Agora, havia quatro pessoas sentadas no aposento. A Srta. Perry com 66 anos; a Srta. Rosseter 42; o Sr. Benson 38; e Jacob 25.

– O meu velho amigo parece bem como sempre – disse o Sr. Benson, dando um tapinha na gaiola do papagaio; ao mesmo tempo, a Srta. Rosseter elogiou o chá; Jacob passou os pratos errados; e a Srta. Perry mostrou desejo de maior aproximação.

– Seus irmãos... – começou vagamente.

– Archer e John – ajudou Jacob. Então, para sua alegria, ela recordou-se do nome de Rebeca, e de como um dia "quando vocês todos eram pequenos e estavam brincando na sala...".

– Mas a Srta. Perry está com o pegador da chaleira – disse a Srta. Rosseter, e realmente a Srta. Perry o apertava ao peito. (Será que fora mesmo apaixonada pelo pai de Jacob?)

"Tão inteligente" – "Não tão bom como costuma ser" – "Achei aquilo muito desleal" – diziam o Sr. Benson e a Srta. Rosseter, discutindo o *Westminster* de sábado. Não competiam regularmente pelos prêmios? O Sr. Benson não ganhara três vezes um guinéu, e a Srta. Rosseter certa vez dez e seis pence? Naturalmente, Everard Benson tinha coração fraco, mas, ainda assim, ganhar prêmios, dar atenção a papagaios, bajular a Srta. Perry, desprezar a Srta. Rosseter, oferecer chá em seus aposentos (que eram todos em estilo de Whistler, com belos livros sobre as mesas), tudo isso, pressentia Jacob sem conhecê-lo, fazia dele um tolo desprezível. Quanto a Srta. Rosseter, tratara de um câncer; agora pintava aquarelas.

– Fugindo tão cedo? – disse a Srta. Perry vagamente. – Estou em casa todas as tardes se você não tiver o que fazer... exceto nas terças.

— Nunca vi o senhor abandonar suas velhas amigas — dizia a Srta. Rosseter, e o Sr. Benson debruçava-se sobre a gaiola do papagaio, e a Srta. Perry se movia na direção da sineta...

O fogo ardia claro entre dois pilares de mármore esverdeado; sobre a lareira havia um relógio verde, enfeitado com a Grã-Bretanha apoiada em sua espada. Quanto aos quadros — uma donzela com chapéu de abas largas oferecia rosas a um cavalheiro em roupas do século xviii, por cima do portão de um jardim. Um mastim estendia-se contra uma porta meio arruinada. As vidraças inferiores das janelas eram de vidro opaco, e as cortinas, cuidadosamente pregueadas, de pelúcia também verde.

Laurette e Jacob sentavam-se lado a lado, pés voltados para o guarda-fogo, em duas grandes cadeiras forradas de pelúcia mais uma vez verde. As saias de Laurette eram curtas, as pernas longas, finas e com meias transparentes. Acariciava os tornozelos com os dedos.

— Não é exatamente porque eu não entenda — dizia, pensativa. — Preciso tentar de novo.

— A que horas você estará lá? — perguntou Jacob.

Ela sacudiu os ombros.

— Amanhã?

— Não, amanhã não.

— Esse tempo me dá saudades do campo — disse ela, olhando sobre o ombro a paisagem de casas altas além da janela.

— Eu gostaria que você tivesse estado comigo no domingo — disse Jacob.

— Eu costumava montar — disse ela. Ergueu-se, graciosa e serena. Jacob levantou-se. Ela lhe sorriu. Quando Laurette fechou a porta, ele colocou uma porção de xelins sobre a lareira.

De modo geral, fora uma conversação bastante sensata; um quarto bastante respeitável; uma jovem inteligente. Contudo, a Madame que reconduziu Jacob até a saída ostentava aquele ar furtivo, aquela lascívia, aquele tremor da superfície (visível sobretudo nos olhos) que ameaça espalhar pelo chão toda a bolsa de sujeira contida a tanto custo. Em suma, alguma coisa estava errada.

* * *

Não fazia muito tempo que os operários tinham dourado o *y* final do nome de Lorde Macaulay, e os outros nomes estendiam-se numa fila ininterrupta na abóbada do Museu Britânico. A uma considerável profundidade abaixo, muitas centenas de vivos ocupavam seus lugares, entre os raios de uma roda, transcrevendo a mão textos impressos; vez por outra erguendo-se para consultar o catálogo; voltando furtivamente a seus lugares, enquanto, de tempos em tempos, um homem calado reabastecia de livros seus compartimentos.

Deu-se uma pequena catástrofe. A pilha da Srta. Marchmont desequilibrou-se e desabou dentro do compartimento de Jacob. Coisas desse tipo aconteciam com a Srta. Marchmont. O que estaria ela buscando através de milhões de páginas, em seu velho vestido de pelúcia, a peruca vermelha, os camafeus e as frieiras? Às vezes uma coisa, às vezes outra, para confirmar sua filosofia de que cor é som – ou talvez que a cor tenha algo a ver com a música. Ela não conseguia afirmar com certeza, mas não que não tentasse. Não podia convidar ninguém a visitá-la em seu quarto, pois "ele não está muito limpo, receio", de modo que interpelava a gente de passagem, ou pegava uma cadeira no Hyde Park e expunha seu sistema filosófico. O ritmo da alma dependia dele ("mas que meninos malcriados", dizia). E falava da política irlandesa do Sr. Asquith, e de Shakespeare, e a Rainha Alexandra "que muito gentilmente certa vez acusou o recebimento de um exemplar do meu panfleto", falava e fazia um grande gesto para espantar os tais meninos. Contudo, precisava de fundos para publicar seu livro, pois "os editores são uns capitalistas, os editores são uns covardes". Assim, enfiando o cotovelo na sua pilha de livros, derrubou-os para o lado de lá.

Jacob manteve-se praticamente impassível.

Mas Fraser, o ateu, do outro lado, detestando pelúcia, e mais de uma vez importunado pelos folhetos dela, mudou de posição, irritado. Abominava coisas vagas: a religião cristã, por exemplo, e os pronunciamentos do velho deão Parker. O deão Parker escrevia livros, e Fraser os destruía por completo à força de lógica, e deixava seus filhos sem batismo – a esposa batizava-os secretamente na pia do banheiro – mas Fraser a ignorava e continuava apoiando os blasfemadores, distribuindo folhetos, coletando suas provas no Museu Britânico, sempre no mesmo terno de xadrezinho e gravata flamejante, pálido, sardento, irritadiço. Na verdade, que trabalho destruir a religião!

Jacob transcrevia toda uma passagem de Marlowe.

A Srta. Julia Hedge, a feminista, esperava por seus livros. Eles não vinham. Ela molhou a pena. Olhou em torno. Seu olho prendeu-se às letras finais do nome de Lorde Macaulay. E leu todos em torno da abóbada – os nomes dos grandes homens que nos recordam...

– Mas que droga – disse Julia Hedge –, por que não deixaram lugar para uma Eliot ou uma Brontë?

Infeliz Julia! Molhando sua pena em amargura e deixando desatados os laços dos sapatos. Quando seus livros chegaram, entregou-se ao labor gigantesco, mas, com um dos nervos da sua sensibilidade exasperada, percebeu que os leitores masculinos se aplicavam aos seus trabalhos com compostura, despreocupação e toda ponderação. Aquele rapaz, por exemplo. O que tinha ele a fazer senão copiar poemas? E ela tinha de estudar estatísticas. Há mais mulheres do que homens. Sim, mas se você faz mulheres trabalharem feito homens, morrerão muito mais depressa. Entrarão em extinção. Esse era o argumento dela. Morte, bílis e poeira amarga na ponta de sua pena; e, quando a tarde foi passando, suas faces ficaram coradas e havia uma luz em seus olhos.

No entanto, o que levava Jacob Flanders a ler Marlowe no Museu Britânico?

* * *

    Juventude, juventude – coisa agreste, coisa pedante. Por exemplo, temos o Sr. Masefield e temos o Sr. Bennet. Coloquemos seus livros na chama de um Marlowe e reduzamo-los a cinzas. Não deixemos sobrar um fiapo. Não lidemos com toda essa mediocridade. Detestemos nossa própria época. Construamos outra melhor. E, para chegarmos a isso, leiamos ensaios incrivelmente enfadonhos sobre Marlowe para nossos amigos. Para tanto, é preciso conferir textos no Museu Britânico. Trata-se de um trabalho a fazer pessoalmente. Não podemos confiar nos vitorianos, que põem as entranhas dos outros à mostra, nem nos vivos, que são meros jornalistas. A carne e o sangue do futuro dependem inteiramente de seis rapazes. E como Jacob é um deles, não admira que pareça um pouco pomposo e solene virando páginas, nem que Julia Hedge o ache bastante antipático.
    Nesse momento um homem com cara de lua empurrou um bilhete para Jacob, e este, recostando-se para trás em sua cadeira, começou uma conversação agitada e murmurada, e saíram juntos (Julia Hedge os observava), rindo alto (pensou ela) assim que chegaram ao vestíbulo.
    Ninguém ria na sala de leitura. Havia movimentos, sussurros, espirros com pedidos de desculpas, e súbitas tosses despudoradas e devastadoras. A hora de estudo estava quase no fim. Monitores recolhiam os exercícios. Os preguiçosos alunos queriam esticar o corpo. Os bons escreviam aplicadamente – Ah, outro dia passado, e tão pouca coisa realizada! E aqui e ali ouvia-se, de toda uma coleção de criaturas humanas, um suspiro profundo, após o qual um velhote humilhante tossia sem pudor e a Srta. Marchmont relinchava como um cavalo.
    Jacob só voltou na hora de devolver seus livros.
    Agora os livros estavam recolocados. Algumas letras do alfabeto salpicadas pela abóbada. Bem juntos num anel em torno da abóbada, ficavam Platão, Aristóteles, Sófocles e Shakespeare; as literaturas de Roma, Grécia, China, Índia, Pérsia.

Uma página de poesia comprimia-se apertadamente contra outra, uma letra brilhante recostava-se macia na outra, massa carregada de sentido, conglomerado de beleza.

– Uma boa xícara de chá me fará muito bem – disse a Srta. Marchmont, reclamando sua sombrinha desbotada.

A Srta. Marchmont queria realmente o seu chá, mas jamais conseguia resistir à tentação de dar uma última olhada nos mármores de Elgin. Contemplou-os de lado, acenando com a mão e murmurando uma ou duas palavras de saudação, que fizeram Jacob e o outro homem virarem-se. Ela lhes sorriu amavelmente. Tudo entrava na sua filosofia – a cor é o som, ou talvez a cor tenha algo a ver com a música. E, tendo prestado sua reverência, saiu saltitando para tomar chá. Era a hora de fechar. E o público se reunia no saguão para pegar suas sombrinhas e bengalas.

Quase sempre a maior parte dos estudantes aguarda sua vez com humildade. Parar e esperar enquanto alguém verifica as fichas brancas é algo tranquilizador. Certamente a sombrinha será achada, ainda que através da leitura de Macaulay, Hobbes, Gibbon; através de oitavos, quartos e fólios, o fato de seu desaparecimento possível se impôs a você durante o dia todo, mergulhando cada vez mais, entre páginas de marfim e encadernações de couro marroquino, para dentro dessa densidade de pensamento, desse conglomerado de sabedoria.

A bengala de Jacob era como todas as outras; talvez tivessem trocado os escaninhos.

Há no Museu Britânico uma mente enorme. Pense que Platão está ali, face a face com Aristóteles; e Shakespeare com Marlowe. Essa grande mente é muito mais do que aquilo que qualquer mente individual tem poder de armazenar. Mesmo assim (enquanto demoram tanto para encontrar a bengala) não se pode afastar a ideia de vir para cá com um caderno de notas, sentar numa escrivaninha, ler tudo isso. Um homem erudito é a coisa mais venerável que existe – um homem como Huxtable, de Trinity, que escreve todas as suas cartas em grego, dizem, e poderia ter competido vitoriosamente com um Bentley. E há ciência, pintura, arquitetura – uma vasta mente coletiva.

Empurraram a bengala sobre o balcão. Jacob parou embaixo do pórtico do Museu Britânico. Chovia. A Great Russel Street surgia vítrea e brilhante – aqui amarela, ali, fora da farmácia, vermelha e azul-pálida. Pessoas andam depressa junto às paredes; carruagens matraqueiam em correria pelas ruas. Bem, um pouco de chuva não machuca ninguém. Jacob costumava andar muito quando estava no campo; tarde naquela noite, ficou sentado em sua mesa com o cachimbo e o livro.

A chuva desabava. O Museu Britânico ficava numa colina imensa e sólida, muito pálido, muito liso na chuva, a menos de um quarto de milha de distância. A vasta mente, cercada de pedra; nas suas profundezas, cada compartimento estava seguro e seco. Os vigias da noite, fazendo relampejar suas lanternas nas lombadas de Platão e Shakespeare, cuidavam para que nem fogo nem rato nem ladrão violassem aqueles tesouros, no dia 22 de fevereiro – pobres homens, muito respeitáveis, com mulheres e famílias em Kentish Town, dando o melhor de si durante vinte anos para proteger Platão e Shakespeare, e depois enterrados em Highgate.

A pedra pousa sólida sobre o Museu Britânico, tal como o osso jaz frio sobre as visões e os ardores do cérebro. Só que ali trata-se do cérebro de Platão e de Shakespeare; o cérebro construiu potes e estátuas, grandes touros e diminutas joias, e atravessou o rio da morte de um lado para outro sem parar, procurando onde atracar, agasalhando bem seu corpo para o longo sono; ou deitando uma moeda sobre as pálpebras; ou virando os pés escrupulosamente para leste. Entrementes, Platão prossegue seu diálogo; apesar da chuva; apesar dos assobios chamando carros; apesar da mulher nas estrebarias, atrás de Great Ormond Street, que chegou em casa embriagada e grita a noite toda: "Me deixe entrar! Me deixe entrar!".

Vozes altearam-se na rua, sob o quarto de Jacob.

Mas ele continuou lendo. Pois que, afinal, imperturbável Platão permanece. E Hamlet pronuncia o seu solilóquio. E os mármores de Elgin jazem a noite toda, a lanterna do velho Jones evocando por vezes Ulisses, ou uma cabeça de cavalo; ou de vez em quando um cintilar de ouro, ou o rosto amarelo e escaveirado de uma múmia. Platão e Shakespeare prosseguem; e Jacob, lendo o *Fedro*, ouviu pessoas vociferando em torno do poste com seu lampião, e a mulher batendo na porta e chorando, "Me deixe entrar!" como se tudo isso fosse apenas carvão saltando do fogo, ou uma mosca que, caindo do teto, tombasse de costas, fraca demais para se virar.

O *Fedro* é muito difícil. Assim, quando alguém o lê continuadamente, assumindo um ritmo, marchando em frente, tornando-se (assim parece) momentaneamente parte dessa energia que avança imperturbável, que tem empurrado as trevas à sua frente desde que Platão andou pela Acrópole, torna-se impossível cuidar do fogo.

O diálogo aproxima-se do final. A argumentação de Platão está concluída. A argumentação de Platão está armazenada na mente de Jacob, e por cinco minutos a mente de Jacob continua avançando sozinha dentro da escuridão. Depois, erguendo-se, abriu as cortinas e viu com espantosa nitidez que os Springetts do outro lado tinham ido para a cama; que estava chovendo; que os judeus e a estrangeira estavam junto da caixa do correio, no fim da rua, discutindo.

* * *

Sempre que a porta se abria e outras pessoas entravam, as que já se encontravam no aposento moviam-se de leve; as que estavam em pé olhavam sobre os ombros; as sentadas interrompiam pelo meio suas frases. Com a luz, o vinho, o som de uma guitarra, era excitante aquela porta se abrindo. Quem entrava?

– É Gibson.
– O pintor?

– Mas prossiga com o que estava dizendo.

Estavam falando algo que era muito, muito íntimo para ser dito abertamente. Contudo, o vozerio agia como um badalo na mente da pequena Sra. Withers, afugentando pelo ar bandos de passarinhos, que depois pousaram e então ela teve medo, passou as mãos no cabelo, juntou-as em torno dos joelhos, ergueu nervosa os olhos para Olíver Skeltin, e disse:

– Prometa, *prometa* que não vai contar a ninguém. – Ele era tão atencioso, tão terno. Ela comentava o caráter do marido: dizia que era frio.

Sobre eles desceu a esplêndida Magdalen, castanha, cálida, volumosa, mal tocando a relva com os pés calçados em sandálias. Seu cabelo cascateava; as sedas esvoaçantes pareciam mal e mal presas por alfinetes. Uma atriz, naturalmente, com um traço de luz perpetuamente a sublinhá-la. Disse apenas "meu caro", mas sua voz soou entre as gargantas dos Alpes. Deixou-se cair no chão e cantou, e uma vez que não havia nada a dizer, emitiu ahs e ohs perfeitamente redondos. Mangin, o poeta, chegando perto, baixou os olhos sobre ela, cachimbo na boca. A dança começou.

A grisalha Sra. Keymer pediu a Dick Graves que lhe dissesse quem era Mangin, e afirmou que vira demasiadas coisas assim em Paris (Magdalen agora sentava-se nos joelhos dele; o cachimbo de Mangin em seus lábios) para ainda se escandalizar.

– Quem é aquele? – disse, fixando os óculos em Jacob, que parecia quieto, não indiferente mas como alguém postado numa praia a olhar.

– Oh, minha cara, deixe que me apoie em você – ofegou Helen Askew, saltando num pé só, pois a fita prateada em volta de seu tornozelo se desprendera. A Sra. Keymer virou-se e fitou o quadro na parede.

– Olhe para Jacob – disse Helen (estavam vendando os olhos dele para algum jogo).

E Dick Graves, um pouco embriagado, muito fiel, muito ingênuo, disse-lhe que julgava Jacob o maior homem que já conhecera.

E sentaram-se de pernas cruzadas sobre almofadões, conversando a respeito de Jacob, e a voz de Helen vibrava, pois ambos lhe pareciam heróis, e a amizade entre eles tão mais bela do que as amizades entre mulheres. Anthony Pollet pediu-lhe que dançasse com ele, e, enquanto dançava, ela os contemplava por cima do ombro, parados junto à mesa, brindando-se mutuamente.

* * *

O esplendor do mundo – o mundo vivo, hígido, vigoroso.
... Essas palavras, entre as duas e três da madrugada, no mês de janeiro, só podem referir-se ao longo trecho do pavimento de madeira que vai de Hammersmith a Holborn. Era esse o chão sob os pés de Jacob. Era saudável e magnífico, pois um aposento, por cima de uma estrebaria, em algum lugar perto do rio, continha cinquenta pessoas excitadas e tagarelas. E então andar pelo calçamento (quase não se via carro ou policial) é divertido. O longo trecho de Piccadilly, bordado de diamantes, vê-se melhor quando vazio. Um rapaz não tem o que recear. Ao contrário, embora talvez não tenha dito nada de brilhante, sente-se bastante certo de saber como se portar. Estava satisfeito por ter encontrado Mangin; admirava a jovem mulher no chão; gostava de todos eles; gostava dessa espécie de coisa. Em resumo, todos os tambores e trombetas estavam soando. Os varredores de rua eram apenas pessoas eventualmente por ali. Não era preciso dizer como Jacob se sentia bem disposto em relação a eles; como lhe agradava entrar por sua própria porta com a chave; como parecia trazer consigo, para dentro do quarto vazio, dez ou doze pessoas que não conhecia quando saíra dali; procurou algo para ler e encontrou e não leu e pegou no sono.

* * *

É verdade, tambores e trombetas não é apenas uma frase. É verdade, Piccadilly e Holborn, e a sala de estar vazia e a sala de estar com cinquenta pessoas conseguem lançar música no ar a qualquer momento. Talvez mulheres sejam mais excitáveis do que homens. Raramente se diz qualquer coisa a esse respeito, e vendo as multidões cruzarem a ponte de Waterloo a fim de apanharem o direto até Surbiton, pode-se pensar que é a razão que as impele. Não, não. São os tambores e as trombetas. Mas, se você dobrar para o lado, entrando num desses pequenos vãos sobre a Ponte de Waterloo, para refletir no caso, provavelmente tudo lhe parecerá confuso – tudo um mistério.

Elas cruzam a ponte sem cessar. Por vezes, no meio de carruagens e ônibus, aparecerá um caminhão com grandes árvores acorrentadas nele. Depois, talvez, o furgão de um pedreiro com lápides tumulares com inscrições recentes, registrando o quanto alguém amou alguém que está enterrado em Putney. Então, o automóvel da frente avança sacolejando, as lápides seguem depressa demais para que você possa ler o resto. Todo o tempo a torrente de pessoas jamais deixa de passar, do lado de Surrey para Strand; de Strand para o lado de Surrey. Parece que os padres invadiram a cidade e agora retornam para seus alojamentos, como besouros pressurosos à procura de suas tocas, tal aquela velha manca na direção de Waterloo, segurando uma bolsa puída como se tivesse estado fora na luz e agora partisse para o seu abrigo subterrâneo com alguns ossos de galinha reunidos a custo. Por outro lado, embora o vento seja áspero e sopre em seus rostos, aquelas moças passeando de mãos dadas, cantando alto, parecem não sentir frio nem pudor. Não sentem ódio. São triunfantes.

O vento encrespou as ondas. O rio dispara por baixo de nós e os homens parados nas barcaças têm de apoiar todo o seu peso no leme. Um oleado preto está amarrado sobre uma protuberante carga de ouro. Avalanches de carvão cintilam em seu negror. Como de hábito, há pintores amarrados a pranchas diante dos grandes hotéis na margem do rio, e as janelas dos hotéis abrigam pontinhos de luz. Do outro lado, a cidade é branca como se fosse uma anciã; St. Paul se arredonda alva por cima dos edifícios retos, pontudos e oblongos a seu lado. Só a cruz brilha num tom rosa e ouro. Mas em que século estamos? Essa procissão do lado de Surrey para Strand não se interrompeu nunca? Aquele velho não parou de atravessar a ponte nesses seiscentos anos, com o bando de meninos nos calcanhares, porque é bêbado, ou cego pela miséria, e amarrou velhos trapos ao corpo como talvez tenham feito os peregrinos? Ele se arrasta para diante. Ninguém para. É como se marchássemos ao som de música; talvez o vento e o rio; talvez esses mesmos tambores e trombetas – êxtase e tumulto da alma. Ora, até os infelizes riem, e o policial, longe de censurar o bêbado, vigia-o bem-humorado, as meninas afastam-se correndo, e o amanuense de Somerset House mostra-se tolerante para com ele, e o homem que lê meia página do *Lothair* na barraca de livros medita piedosamente, olhos longe do texto, e a mocinha hesita em atravessar, e volta para ele o luminoso olhar vago dos jovens.

Luminoso, mas vago. Talvez ela tenha vinte e dois. Anda mal vestida. Atravessa a rua e contempla os narcisos silvestres e as tulipas rubras na vitrine da florista. Hesita e parte na direção de Temple Bar. Caminha depressa, nada a distrai. Num momento parece ver, noutro parece não perceber coisa alguma.

10

Fanny Elmer passeava entre as alvas tumbas recostadas ao muro no esquecido cemitério da paróquia de St. Pancras, atravessando o relvado para ler algum nome, afastando-se depressa quando o vigia do cemitério se aproximou, correndo para a rua, parando aqui junto de uma vitrine com porcelana azul, ali andando rápido para recuperar o tempo perdido, entrando subitamente numa padaria, comprando pãezinhos e torta, prosseguindo outra vez, de modo que quem desejasse segui-la teria praticamente de correr. Não estava mal vestida nem suja. Usava meias de seda e sapatos com fivela de prata, só a pena vermelha do chapéu desabara, e o fecho de sua bolsa estava gasto, pois, quando ela caminhava, caiu para fora um prospecto de Madame Tussaud. Tinha os tornozelos de um cervo. O rosto oculto. É claro que, no lusco-fusco, impulsos rápidos, olhares ligeiros e esperanças arrojadas sobrevêm naturalmente. Ela passou bem debaixo da janela de Jacob.

* * *

A casa era baixa, escura e silenciosa. Jacob ali estava, entretido com um problema de xadrez, o tabuleiro sobre um tamborete entre os joelhos. Uma das mãos remexia no cabelo por trás da cabeça. Lentamente ele a trouxe para a frente e ergueu a rainha branca; depois recolocou-a no lugar. Encheu o cachimbo; refletiu; moveu dois peões; avançou o cavalo branco; depois ponderou, com um dedo sobre o bispo. Agora Fanny Elmer passava debaixo da janela.

Ia posar para Nick Bramham, o pintor.

* * *

Sentava-se envolta num florido xale espanhol, segurando um livro amarelo.

– Um pouco mais baixo, um pouco mais frouxo. Melhor, assim está certo – resmungou Bramham, que a desenhava e fumava ao mesmo tempo, e obviamente não conversava. Sua cabeça poderia ter sido obra de um escultor, que tivesse feito a testa quadrada, rasgado a boca, deixado marcas de seus polegares e riscos de seus dedos na argila. Os olhos, porém, jamais tinham sido fechados. Eram um tanto proeminentes, um tanto injetados, como se olhassem e reolhassem, e quando ele falava pareciam por um instante perturbados, embora continuassem a olhar. Uma lâmpada elétrica nua pendia sobre a cabeça da moça.

Quanto à beleza das mulheres – é como a luz sobre o mar, jamais presa numa só onda. Todas a possuem; todas a perdem. Agora, é baça e densa como a gordura de um toucinho; logo depois, translúcida como um vidro aéreo. Os rostos hirtos são os baços. É onde entra Lady Venice, exposta como um monumento para ser admirado, esculpido em alabastro, para se pôr sobre a lareira e jamais espanar. Uma morena exuberante, inteiriça da cabeça aos pés, serve apenas de enfeite para a mesa, da sala de visitas. Mulheres da rua têm rostos de cartas de baralho; contornos preenchidos com rosa ou amarelo, e uma linha traçada firmemente em volta. Depois, numa janela de andar superior, debruçada para fora, olhando para baixo, vê-se a própria beleza; ou no canto de um ônibus; ou agachada numa sarjeta – beleza luminosa, subitamente manifestada, perdida no momento seguinte. Ninguém pode confiar nela ou agarrá-la ou embrulhá-la em papel. Nada se pode conseguir nas lojas, e Deus sabe que é melhor ficar sentado em casa do que frequentar essas janelas de vidro na esperança de retirar delas, com vida própria, o verde lustroso, o ardente rubi. O vidro do mar num pires perde o brilho tão depressa quanto a seda. Assim, se falarmos numa bela mulher, referimo-nos apenas a algo que esvoaça rápido, e que por um segundo usa dos olhos, lábios ou faces de Fanny Elmer, por exemplo, para manifestar esse brilho.

Ela não era bonita, sentada ali, rígida; o lábio inferior proeminente demais; o nariz muito grande; os olhos excessivamente juntos. Era uma moça magra, de faces lustrosas e cabelo escuro, no momento mal-humorada e dolorida de tanto posar. Quando Bramham quebrou seu carvão, ela ergueu-se. Bramham também estava de mau humor. Agachou-se, diante do fogo, esquentando as mãos. Enquanto isso ela contemplava o desenho. Bramham grunhiu. Fanny jogou um chambre nos ombros e aqueceu água.

– Meu Deus, como isso está ruim – disse Bramham.

Fanny sentou-se no chão, juntou as mãos em torno dos joelhos e olhou para ele, seus belos olhos – sim, por um instante, esvoaçando pelo aposento, a beleza relampejou neles. Os olhos de Fanny pareciam interrogar, compadecer-se, por um instante eram o próprio amor. Mas ela exagerava. Bramham não percebeu nada. E, quando a água ferveu, ela se levantou, antes um potro ou cachorrinho do que uma mulher enamorada.

* * *

Jacob foi até a janela e parou de mãos nos bolsos. O Sr. Springett, do outro lado da rua, saiu, olhou a vitrine de sua loja e entrou de novo. Crianças passaram, espiando os bastões de caramelo cor-de-rosa. O furgão de Pickford disparou rua abaixo. Um menino balançava-se girando na ponta de uma corda. Jacob voltou-se. Dois minutos depois abria a porta da frente e saía andando na direção de Holborn.

* * *

Fanny Elmer tirou o manto do gancho. Nick Bramham desprendeu o desenho e colocou-o enrolado debaixo do braço.

Apagaram as luzes e desceram para a rua, abrindo caminho entre pessoas, automóveis, ônibus, carruagens, até chegarem a Leicester Square, cinco minutos antes de Jacob, pois o trajeto dele era mais longo e ele fora detido pela multidão em Holborn, que queria ver o Rei passar, de modo que Nick e Fanny já estavam debruçados na balaustrada do Empire, quando Jacob passou pelas portas giratórias e se postou ao seu lado.

– Olá, nem tinha notado você – disse Nick, cinco minutos depois.

– Deixe de bobagem – rosnou Jacob.

– A Srta. Elmer – disse Nick.

Jacob tirou o cachimbo da boca, bastante embaraçado.

Ele estava embaraçado, e quando sentaram num sofá de pelúcia, deixando a fumaça alçar-se entre eles e o palco, ouvindo longe as vozes agudas e a alegre orquestra intervindo na hora certa, continuava embaraçado, mas Fanny pensava: "Que linda voz!". E pensava que ele falara pouco, mas o que dissera fora dito com firmeza. Pensava em como os rapazes são dignos e reservados, e seguros de si, e que era possível ficar sentada tranquilamente ao lado de Jacob e olhar para ele. E pensava que ele devia parecer um menino ao voltar para casa, cansado de uma noitada, e ao mesmo tempo tão majestoso; e talvez um pouco arrogante. Mas eu não cederia, pensou ela. Jacob ergueu-se e recostou-se na balaustrada. A fumaça pairava em torno dele.

E para sempre a beleza dos homens parece constar de fumaça, não importa com que prazer joguem futebol ou empurrem bolas de críquete ou andem pelas ruas. Possivelmente, em breve perderão tudo isso. Possivelmente, fitam os olhos de heróis distantes e assumem seu lugar entre nós com certo desdém, pensava ela (vibrando como uma corda de violino que deve ser tocada e quebrada). De qualquer modo, eles gostam do silêncio, falam lindamente, cada palavra caindo como uma fatia redonda recém-cortada, e não numa confusão de moedinhas polidas, como as mocinhas fazem; e movem-se com determinação, como se soubessem quanto tempo devem ficar e quando devem partir – o Sr. Flanders, contudo, saiu apenas para comprar um programa.

– Os dançarinos virão no fim – disse ele, voltando.

E acaso não é agradável, continuou pensando Fanny, o modo como os rapazes tiram do bolso das calças uma porção de moedas de prata e ficam a olhá-las, em vez de as terem numa bolsa?

Depois, lá se ia ela mesma, girando no palco, vestida com babados brancos, e a música era a dança e o voo de sua própria alma, e toda a engrenagem, ritmo e maquinismo do mundo eram suavemente tramados nesses ágeis redemoinhos e quedas, sentiu ela, encostada hirta na balaustrada a dois pés de Jacob Flanders.

Sua puída luva preta caiu no chão. Quando Jacob a devolveu, sobressaltou-se irritada. Pois nunca houvera uma paixão mais irracional. E Jacob teve medo dela por um instante – tão intensa, tão perigosa, como acontece quando jovens mulheres ficam quietas e hirtas; agarram a balaustrada; e se apaixonam.

* * *

Era em meados de fevereiro. Os telhados do subúrbio de Hampstead Garden jaziam numa névoa trêmula. Fazia calor demais para caminhar. Um cão latia, latia, latia lá embaixo no vale. Sombras líquidas passavam sobre a planície.

Depois de uma longa enfermidade o corpo torna-se lânguido, passivo, sensível à doçura, mas fraco para contê-la. Lágrimas brotam e caem, enquanto um cão late no vale, e há crianças correndo atrás de aros de ferro, o campo escurece e se ilumina outra vez. Parece abrigar-se por trás de um véu. Ah, mas se o véu for mais espesso, desmaiarei de doçura, suspirou Fanny Elmer, sentada num banco em Judges Walk, olhando Hampstead Garden. O cão, porém, ainda latia. Os automóveis buzinavam na rua. Ela escutava movimentos e zumbidos ao longe. Seu coração estava inquieto. Fanny ergueu-se e andou. A relva mostrava um verde recente; o sol queimava. Em torno do tanque as crianças soltavam pequenos barcos; ou gritavam quando as amas as puxavam para trás.

Ao meio-dia, mulheres jovens saem para tomar ar. Todos os homens estão ocupados na cidade. Elas se postam na beira do tanque azul. O vento fresco espalha todas as vozes das crianças. *Minhas* crianças, pensou Fanny Elmer. As mulheres postam-se ao redor do tanque, espantando grandes cães felpudos que saltam. O bebê balouça docemente em seu carrinho. Os olhos de todas as amas, mães e mulheres que passeiam por ali estão um pouco vidrados e absortos. E, quando os meninos puxam suas saias implorando que sigam em frente, elas balançam gentilmente as cabeças em vez de responder.

Fanny caminhou, escutando um grito – talvez o assobio de um operário – bem alto no ar. Agora, entre as árvores, era o tordo trinando no ar cálido um jorro de alegria, embora fosse medo o que parecia estimulá-la, pensou Fanny; como se também ele estivesse ansioso com tanta alegria no coração – como se estivesse sendo observado enquanto cantava e o tumulto o obrigasse a cantar. Ali! Ele voou inquieto para a árvore mais próxima. Ela ouviu seu canto mais fraco. Havia também o zumbido dos pneus e do vento em disparada.

Ela gastou dez pence no almoço.

– Ora, ela deixou a sombrinha – resmungou a mulher sardenta no cubículo de vidro perto da porta da Express Dairy Company.

– Talvez eu ainda a alcance – respondeu Milly Edwards, a garçonete de tranças pálidas, e correu porta afora.

– Nada – disse, voltando um instante depois com a sombrinha barata de Fanny. Pôs a mão nas tranças. – Oh! Essa porta! – resmungou a caixa.

As mãos dela estavam vestidas com mitenes pretas e as pontas dos dedos que enfiavam as tiras de papel eram inchadas como salsichas.

– Pastelão e salada para um. Café completo e bolos. Ovos com torrada. Duas tortas de frutas.

As garçonetes falavam com vozes ásperas e apressadas. Os fregueses ouviam com aprovação seus pedidos repetidos por elas; viam com antecipação a mesa ao lado servida. Finalmente, chegavam seus próprios ovos com torrada. E seus olhos já não vagueavam.

Pedaços fumegantes de pastel caíam em bocas abertas como bolsas triangulares.

Nelly Jenkinson, a datilógrafa, esfarelava com bastante indiferença o seu bolo. Cada vez que a porta se abria, ela erguia os olhos. O que esperava ver?

O negociante de carvão lia o *Telegraph* sem interromper-se, errou o pires e, tateando distraído, colocou a xícara sobre a toalha.

– Você já viu malcriação igual? – A Sra. Parsons ergueu-se, tirando as migalhas do seu abrigo de peles. – Leite quente e bolo de aveia para um. Chá. Pãozinho e manteiga – gritavam as garçonetes.

A porta abria e fechava.

* * *

É assim a vida das pessoas idosas.

É estranho observar as ondas, deitado num bote. Aqui vêm três, regularmente, uma após a outra, todas do mesmo tamanho. Depois, chega uma quarta correndo atrás, muito grande, ameaçadora; soergue o barco; prossegue; de alguma forma some, sem ter realizado nada, e torna-se lisa como o resto.

O que é mais violento do que a agitação dos ramos de uma tamargueira, a árvore dobrando-se toda sobre o tronco, até a última ponta de galho, movendo-se e estremecendo conforme o vento sopra, e ainda assim jamais desgrenhada se dilacerando?

O trigo se retorce e abaixa como se fosse desprender-se das raízes, e ainda assim permanece acorrentado a elas.

Até das janelas, mesmo no lusco-fusco, vê-se uma intumescência percorrer a rua, uma aspiração, como de braços estendidos, olhos cheios de desejo, bocas abertas. E então, pacificamente, nos aquietamos. Pois, se a exaltação perdurasse, seríamos soprados como espuma no ar. As estrelas brilhariam através de nossos corpos. Desceríamos pela tamargueira em gotas de sal – como às vezes acontece. Pois os espíritos veementes nada querem saber desse embalo de berço: jamais qualquer balanço ou vaga indolência; jamais qualquer fingimento ou cômoda mentira, ou jovial suposição de que tudo é igual, o fogo quente, o vinho agradável, a extravagância um pecado.

– As pessoas são tão simpáticas quando a gente as conhece.

– Eu não poderia pensar mal dela. É preciso lembrar... – Mas talvez Nick ou Fanny Elmer, acreditando implicitamente na verdade do momento, se arremessem, ferroem suas faces, desapareçam como granizo afiado...

* * *

– Oh! – disse Fanny precipitando-se para dentro do estúdio três quartos de hora atrasada, porque andara vagueando pelas vizinhanças do Asilo de órfãos, apenas para ter oportunidade de ver Jacob descer a rua, pegar sua chave e abrir a porta. – Receio estar atrasada – e Nick não disse nada e Fanny pôs-se a desafiá-lo.

– Não venho nunca mais! – gritou por fim.

– Pois não venha – replicou Nick, e ela correu para fora sem dizer boa-noite.

* * *

Que delicado – aquele vestido na loja de Evelina, em Shaftesbury Avenue! Eram quatro horas de um belo dia de abril, e Fanny não era moça de ficar dentro de casa às quatro da tarde num belo dia de abril. Outras moças na mesma rua sentavam-se diante de livros de contabilidade, ou passavam fatigadamente longos fios entre seda e gaze; ou, entre festões de fitas em Swan e Edgars, somavam rapidamente pence nas costas da nota, e enrolavam o metro-e-três-quartos em papel de seda, perguntando "O que deseja?" ao freguês seguinte.

Na loja de Evelina, em Shaftesbury Avenue, expunham-se separadamente as peças de uma mulher. No lado esquerdo, a saia. Enrolado numa vareta no meio, um boá de plumas. Enfileirados como cabeças de malfeitores em Temple Bar, estavam os chapéus – esmeralda e branco, com algumas flores, ou abatidos debaixo de plumas tingidas em cores fortes. E sobre o tapete estavam os pés – pontudos e dourados, ou de couro envernizado com enfeite escarlate.

Servindo de deleite aos olhos das mulheres, as roupas às quatro da tarde eram rodeadas de moscas como bolos de açúcar na vitrine de uma confeitaria. Fanny também olhava para elas.

Pela Gerrard Street vinha um homem alto e de casaco velho. Uma sombra caiu na vitrine de Evelina – a sombra de Jacob, embora não fosse Jacob. E Fanny virou-se e andou ao longo de Gerrard Street, desejando ter lido livros. Nick jamais lia livros, jamais falava da Irlanda ou da Câmara dos Lordes; e as unhas dele! Fanny queria aprender latim e ler Virgílio. Fora uma leitora ávida. Lera Scott; lera Dumas. No Slade ninguém lia. Mas ninguém no Slade conhecia Fanny, nem percebia como tudo lhe parecia vazio; a paixão por brincos, por danças, por Tonk e Steer – quando os franceses eram os únicos que sabiam pintar, dissera Jacob. Pois os modernos eram fúteis; pintando a menos respeitável das artes; e por que ler qualquer coisa senão Marlowe e Shakespeare, dissera Jacob, e Fielding, se há que ler romances?

– Fielding – disse Fanny, quando o homem em Charing Cross perguntou que livro queria.

E comprou *Tom Jones*.

Às dez da manhã, num quarto que dividia com uma professora, Fanny Elmer lia *Tom Jones* – esse livro místico. Pois é essa coisa enfadonha (pensava Fanny) sobre gente com nomes esquisitos, que Jacob aprecia. Gente boa gosta disso. Mulheres desalinhadas, que não se importam com o jeito de cruzar as pernas, leem *Tom Jones* – um livro místico; pois há qualquer coisa nos livros, pensou Fanny, que eu poderia apreciar se tivesse tido educação – apreciar muito mais do que brincos e flores, suspirou, pensando nos corredores do Slade e no baile a fantasia na próxima semana. Ela não tinha vestido para usar.

Os livros são reais, pensou Fanny Elmer, colocando os pés em cima da lareira. Algumas pessoas o são. Nick talvez – só que tão obtuso... E mulheres jamais, exceto a Srta. Sargent, mas ela saía na hora do almoço e sempre fazia pose. Essas mulheres ficavam sentadas à noite, lendo quietas, pensou Fanny. Não vão a teatros de variedades; não olham vitrines; não usam as roupas umas das outras, como Robertson, que usara o cachecol dela e ela usara o casaco dele, coisa que Jacob só faria com grande constrangimento; pois ele apreciava *Tom Jones*. Ali estava ele, em seu regaço, colunas duplas, custando três pence; o livro místico, no qual há tantos anos Henry Fielding censurara Fanny Elmer por gostar de pornografia. Numa prosa perfeita, dissera Jacob. Pois ele jamais lia romances modernos. Apreciava *Tom Jones*.

— Eu *gosto* de *Tom Jones* – disse Fanny às cinco e meia do mesmo dia, no começo de abril, quando Jacob pegou seu cachimbo, na poltrona à frente dela.

Ah, mulheres são mentirosas! Mas não Clara Durrant. Uma alma imaculada; uma natureza cândida; uma virgem acorrentada a um rochedo (em algum lugar em Lowndes Square), eternamente servindo chá a homens idosos de coletes brancos e olhos azuis, fitando a gente direto no rosto, tocando Bach. De todas as mulheres, era a que Jacob mais estimava. Mas sentar-se numa mesa com pão e manteiga, com velhas aristocratas trajando veludo, e nunca dizer a Clara Durrant nada mais do que Benson dizia ao papagaio quando a velha Srta. Perry servia o chá, era um insulto intolerável à liberdade e à decência da natureza humana – ou qualquer outra expressão do mesmo efeito. Pois Jacob nada dizia. Apenas olhava o fogo. Fanny largou o *Tom Jones*.

Estava bordando ou tricotando.

— O que é isso? – perguntou Jacob.

— Para o baile no Slade.

E mostrou o seu enfeite de cabeça; as calças; os sapatos com borças vermelhas. O que usaria ele?

— Estarei em Paris – disse Jacob.

E o que importam bailes a fantasia?, pensou Fanny. Você encontra as mesmas pessoas; usa as mesmas roupas; Mangin se embebeda; Florinda senta no colo dele. Ela flerta de maneira ultrajante – no momento, é com Nick Bramham.

– Em Paris? – interrogou Fanny.

– A caminho da Grécia – ele respondeu.

Pois, disse, não há nada mais detestável do que Londres em maio.

Ele a esqueceria.

Um pardal voou diante da janela carregando uma palha – uma palha de um monte guardado no celeiro de uma granja. O velho *cocker spaniel* castanho fareja embaixo procurando ratos. Os ramos superiores dos olmos já estão cheios de ninhos. Os castanheiros agitam seus leques. As borboletas ondulam pelas trilhas em Forest. Talvez, como diz o Morris, a imperador-púrpura esteja se banqueteando numa massa de carne decomposta, debaixo de um carvalho.

Fanny pensou que tudo isso vinha do *Tom Jones*. Ele podia andar sozinho com um livro no bolso, observando texugos. Tomaria um trem às oito e meia e andaria a noite toda. Ele contemplava vaga-lumes e trazia pirilampos para casa em caixinhas de remédio. Iria caçar com cães veadeiros de New Forest. Tudo isso vinha do *Tom Jones*; e ele iria para a Grécia com um livro no bolso e se esqueceria dela.

Fanny pegou seu *lorgnon*. Havia o rosto dela. Havia o rosto dele. Como seria, enrolado num turbante? Ela acendeu a lâmpada. Mas, como a luz do dia entrasse pela janela, só a metade do rosto dele ficou iluminada. E, embora parecesse terrível e magnífico, e disposto a desistir da floresta e vir ao Slade, disfarçado de cavaleiro turco ou imperador romano (ele deixou-a pintar de escuro seus lábios, e cerrou os dentes, olhando-a através das lentes do *lorgnon* dela) – ainda assim, entre ambos havia o *Tom Jones*.

11

— Archer – disse a Sra. Flanders com a ternura que mães muitas vezes dedicam aos filhos mais velhos – estará em Gibraltar amanhã.

Pois o correio pelo qual esperava (andando por Dods Hill enquanto os sinos descuidados da igreja tangiam, através de sua mente, a melodia de um hino, o relógio, batendo quatro golpes através das notas que regiravam no ar; a relva arroxeando debaixo da nuvem tempestuosa; as duas dúzias de casas da aldeia agachando-se infinitamente humildes num grupo debaixo de uma folha de sombra), o correio, com sua variedade de mensagens, envelopes endereçados com caligrafias ousadas, caligrafias oblíquas, carimbos ingleses ou das Colônias, por vezes apressadamente providos de uma tira amarela, o correio espalharia miríades de mensagens pelo mundo. Não nos cabe dizer se tiramos proveito ou não desse hábito de profusa comunicação. Mas parece bastante verdadeiro que hoje em dia se pratica com falsidade a escritura de cartas, particularmente os rapazes que viajam pelo exterior.

Veja-se, por exemplo, esta cena.

Eis Jacob Flanders, viajando para o exterior e interrompendo sua viagem em Paris. (A velha Srta. Birbeck, prima de sua mãe, morrera em junho passado e lhe deixara cem libras.)

* * *

– Não precisa repetir toda essa droga mais uma vez, Cruttendon – disse Mallinson, o pequeno pintor calvo, sentado na mesa de mármore com respingos de café e marcas de vinho, falando muito depressa e sem dúvida bastante embriagado.

– Então, Flanders, terminando de escrever à sua dama? – disse Cruttendon quando Jacob chegou e sentou-se ao lado deles, segurando na mão um envelope endereçado à Sra. Flanders, perto de Scarborough, Inglaterra.

– Você gosta de Velásquez? – perguntou Cruttendon.

– Por Deus, claro que ele gosta – disse Mallinson.

– Ele sempre fica desse jeito – disse Cruttendon, irritado.

Jacob encarou Mallinson com calma exagerada.

– Vou lhe citar três das maiores obras jamais escritas em toda a literatura – explodiu Cruttendon. "Pende a minha alma como um fruto" – começou.

– Não dê ouvidos a um homem que não gosta de Velásquez – disse Mallinson.

– Adolphe, não dê mais vinho ao Sr. Mallinson.

– Façam jogo limpo, jogo limpo – disse Jacob judiciosamente. – Deixem que um homem se embriague, se tiver vontade. Isso é Shakespeare, Cruttendon. Concordo com você nisso. Shakespeare tinha mais coragem do que todos esses pobres sapos juntos. "Pende minha alma como um fruto" – começou a citar numa voz retórica e musical, brandindo o copo de vinho. – O diabo o carregue, seu patife! – exclamou, quando o vinho transbordou da beirada.

– "Pende minha alma como um fruto" – começaram Cruttendon e Jacob ao mesmo tempo e ambos desataram a rir.

– Malditas moscas – disse Mallinson batendo na cabeça calva. – O que é que elas pensam que eu sou?

– Algo de cheiro doce – disse Cruttendon.

– Cale a boca, Cruttendon – disse Jacob.

– Esse sujeito não tem modos – explicou Mallinson polidamente. – Quer impedir as pessoas de beber. Olhe aqui. Eu quero ossos grelhados. Qual é a expressão francesa para ossos grelhados? Ossos grelhados, Adolphe. Então, seus idiotas, não entendem?

– Flanders, eu lhe direi a segunda coisa mais bela da literatura inteira – disse Cruttendon, estendendo os pés no soalho e debruçando-se na mesa de modo a quase tocar o rosto de Jacob com o seu.

– "Ei, fino fino, o gato e o violino"* – interrompeu Mallinson, tamborilando com os dedos na mesa. A coisa mais e-xo-ti-ca-men-te bela de toda a literatura... Cruttendon é um sujeito muito bom – comentou em tom confidencial. – Mas é um bocado bobo – e balouçava a cabeça para a frente.

* * *

Nenhuma palavra sobre isso jamais foi relatada à Sra. Flanders, nem o que aconteceu quando pagaram a conta e deixaram o restaurante e andaram ao longo do Boulevard Raspail.

* * *

Eis aqui outro fragmento de conversa; a hora, cerca de onze da manhã; cenário, um estúdio; dia, domingo.

– Sabe, Flanders – disse Cruttendon –, aprecio tanto um dos quadrinhos de Mallinson quanto um Chardin. E quando digo que... – ele apertou a ponta de um tubo de tinta definhado –... Chardin foi um grande sujeito... Agora Mallinson vende os quadros para pagar o jantar. Mas espere até que os *marchands* o descubram. Será um grande sujeito, sim, muito grande.

---

* Em inglês: "*Hey diddle diddle, the cat and the fiddle*", verso dos *Mother Goose's Tales*, tradicional coleção de rimas infantis inglesas. (N. da T.)

— É uma vida terrivelmente divertida – disse Jacob – ficar por aqui fazendo toda essa confusão. Mas ainda assim, essa é uma arte estúpida, Cruttendon. – Ele atravessou o aposento. – Há um sujeito, Pierre Louys – ele apanhou um livro.

— Sim, meu caro senhor; mas será que o senhor não poderia se acomodar? – disse Cruttendon.

— Eis uma obra sólida – disse Jacob, colocando uma tela sobre uma cadeira.

— Ora, fiz isso há séculos – disse Cruttendon, olhando por cima do ombro.

— Na minha opinião, você é um pintor competente – disse Jacob depois de algum tempo.

— Mas se quiser ver o que ando tentando no momento – disse Cruttendon, colocando uma tela diante de Jacob. – Aqui está. Isso se parece mais... Isso é... – ele girou o polegar em círculo em torno de um globo de luz pintado de branco.

— Obra de arte bastante sólida essa – disse Jacob, postando-se diante da tela com as pernas abertas. – Mas o que eu queria que você explicasse...

* * *

A Srta. Jinny Carslake, pálida, sardenta, mórbida, entrou no quarto.

— Oh, Jinny, aqui está um amigo, Flanders. Inglês. Rico. Bem relacionado. Prossiga, Flanders...

Jacob não disse nada.

— É isso aí... É isso que não está correto – disse Jinny Carslake.

— Também acho – disse Cruttendon com autoridade. – Só que trata-se de algo não factível.

Ele tirou a tela da cadeira e colocou-a no chão de costas para eles.

— Sentem-se, senhoras e senhores. A Srta. Carslake vem da sua parte do mundo, Flanders. Devonshire. Ah, pensei que fosse Devonshire. Muito bem. Ela também é filha da igreja. Ovelha negra da família. A mãe lhe escreve umas cartas! Você tem aí uma consigo? Chegam em geral nos domingos. São como o efeito de sinos de igreja, você sabe como é.

– Já encontrou todos os pintores? – perguntou Jinny. – Mallinson estava bêbado? Se for ao seu estúdio, ele lhe dará um de seus quadros. Teddy, eu digo que...

– Um minutinho – disse Cruttendon. – Em que estação do ano estamos? – ele olhou pela janela.

– Costumamos sair aos domingos, Flanders; para o campo.

– Ele vai... – disse Jinny, olhando Jacob. – Você...

– Sim, ele virá conosco – disse Cruttendon.

* * *

Transportemo-nos para Versalhes.

Jinny, apoiada no muro de pedra, debruçava-se sobre o tanque de água, agarrada pelos braços de Cruttendon, sem o que teria caído.

– Aí! Aí! – gritava. – Bem até em cima!

Alguns peixes vagarosos e molengas subiam flutuando das profundezas para roer suas migalhas.

– Olhem só! – gritou ela, saltando. E a água branca e ofuscante, crespa e carregada de pressão, saltou pelos ares. O chafariz se espraiava. Através dele chegava o som de música militar ao longe. Toda a água se franzia em gotas. Um balão azul batia docemente na superfície. Todas as amas e crianças e velhos e jovens se reuniram na margem, debruçando-se e brandindo suas bengalas. Uma menina correu de braços estendidos para o seu balão, mas ele mergulhou debaixo do chafariz.

* * *

Edward Cruttendon, Jinny Carslake e Jacob Flanders caminhavam em fila ao longo da trilha de cascalho amarelo; subiram na relva; passaram debaixo das árvores; e assim foram dar na casa de verão onde Maria Antonieta costumava tomar seu chocolate. Edward e Jinny entraram, mas Jacob esperou do lado de fora, sentado sobre o cabo da sua bengala. Os outros saíram de novo.

– Então? – disse Cruttendon, sorrindo para Jacob.

Jinny estava esperando: Edward estava esperando; ambos fitavam Jacob.

– Então? – disse Jacob sorrindo e apertando a bengala nas mãos.

– Vamos – decidiu, e saiu andando. Os outros foram atrás, sorrindo.

* * *

Entraram então numa pequena confeitaria, numa rua transversal, onde as pessoas tomavam café sentadas, observando os soldados, batendo pensativamente cinzas nos cinzeiros.

– Mas ele é bem diferente – disse Jinny cruzando as mãos sobre o copo. – Não acredito que você saiba o que Ted quer dizer quando afirma uma coisa dessas – comentou ela, encarando Jacob. – Mas eu sei. Às vezes tenho vontade de me matar. Às vezes ele fica deitado na cama o dia todo, simplesmente ali deitado... Não quero vocês em cima da mesa – ela abanou as mãos e pombos intumescidos e iridescentes gingaram em torno de seus pés.

– Olhe o chapéu dessa mulher – disse Cruttendon. – Como é que inventam uma coisa dessas?... Não, Flanders, não acredito que eu conseguisse viver como você. Quando você desce por aquela rua em frente ao Museu Britânico, como é que se chama? É disso que estou falando. É tudo como aquilo. Aquelas mulheres gordas, e o homem parado no meio da rua como se fosse ter um ataque...

– Todo mundo dá comida a eles – disse Jinny espantando os pombos. – São uns velhos imbecis.

– Bem, não sei – disse Jacob fumando seu cigarro. – Há St. Paul.

– Falo dessa coisa de trabalhar num escritório – disse Cruttendon.

– Mude de assunto – censurou Jacob.

– A opinião dele não conta – disse Jinny, olhando Cruttendon. – Você é louco. Quero dizer, só pensa em pintar.

– Sim, eu sei. Não posso fazer nada. Quero dizer, será que o Rei George vai ceder a respeito dos Lordes?

– Ele simplesmente vai ter de... – disse Jacob.

– Vê – disse Jinny. – Flanders está a par de tudo.

– Olhe, eu estaria também se pudesse – disse Cruttendon. – Simplesmente, não posso.

– Eu *acho* que eu poderia – disse Jinny. – Mas as pessoas que fazem isso são todas aquelas de quem não gostamos. Em casa, quero dizer. Não falam de outra coisa. Mesmo gente como minha mãe.

– Mas se eu viesse viver aqui... – disse Jacob.

– Qual é minha parte na conta, Cruttendon? Muito bem. Como você quiser. Esses pássaros idiotas, é só a gente querer que fiquem, eles voam.

* * *

Por fim, debaixo dos lampiões do arco na Gare des Invalides, com um desses movimentos canhestros tão leves e ainda assim tão definitivos, que podem ferir ou passar despercebidos, mas em geral causam razoável desconforto, Jinny e Cruttendon abraçaram-se; Jacob ficou parado a distância. Tinham de separar-se. Alguma coisa precisava ser dita. Nada foi dito. Um homem rodou um carrinho tão perto das pernas de Jacob que quase as esfolou. Quando Jacob recuperou o equilíbrio, os outros dois estavam se afastando, embora Jinny olhasse sobre o ombro, e Cruttendon, acenando com a mão, sumisse como o grande gênio que efetivamente era.

* * *

Não, nada disso foi relatado à Sra. Flanders, embora seja quase certo que para Jacob nada no mundo era mais importante; e quanto a Cruttendon e Jinny, julgava-os as pessoas mais notáveis que jamais conhecera – naturalmente era incapaz de prever que, no correr do tempo, Cruttendon se poria a pintar pomares; por conseguinte, teria de viver em Kent; e – era de crer – teria de cair na realidade, pois sua mulher, por quem teria feito tudo aquilo, fugiria com um romancista; mas não; Cruttendon continuou pintando pomares, loucamente, na solidão. Pois Jinny Carslake, depois do caso com Lefanu, o pintor americano, passou a frequentar os filósofos indianos, e agora pode ser vista em pensões da Itália, carregando, como um tesouro, uma caixinha de joias contendo seixos apanhados na estrada. Mas, se encaramos os seixos com firmeza, diz ela, a multiplicidade se transforma em unidade, o que é de certa forma o segredo da vida, coisa que, de resto, não a impede de ter senso prático, e às vezes, em noites de primavera, ela faz as mais estranhas confidências a tímidos jovens ingleses.

Jacob nada tinha a esconder de sua mãe. Apenas não conseguia entender essa extraordinária excitação, e quanto a escrever a esse respeito...

– As cartas de Jacob se parecem tanto com ele – disse a Sra. Jarvis, dobrando a folha.

– Na verdade, ele parece... – disse a Sra. Flanders e interrompeu-se porque estava cortando um vestido e tinha de alisar o molde – estar se divertindo bastante.

A Sra. Jarvis pensou em Paris. A janela estava aberta atrás dela, pois era uma noite suave; uma noite calma; a lua parecia embuçada, as macieiras absolutamente imóveis.

– Nunca tenho pena dos mortos – disse a Sra. Jarvis, ajeitando a almofada às costas e entrelaçando as mãos atrás da cabeça. Betty Flanders não escutou, pois sua tesoura fazia ruídos na mesa.

– Estão descansando – disse a Sra. Jarvis. – E nós passamos os dias falando coisas bobas e inúteis, e sem saber por quê.

A Sra. Jarvis não era estimada na aldeia.

– Você nunca passeia a essa hora da noite? – perguntou à Sra. Flanders.

– Está mesmo maravilhosamente suave lá fora – disse a Sra. Flanders. Mas fazia muitos anos desde que abrira o portão do pomar e saíra para Dods Hill após o jantar.

– E está bem seco – disse a Sra. Jarvis quando fecharam a porta do pomar e saíram para a turfa.

— Não irei longe — disse Betty Flanders. — Sim, Jacob deixará Paris quarta-feira.

— Dos três foi sempre Jacob o meu amigo — disse a Sra. Jarvis.

— Agora, minha cara, não irei adiante — tinham escalado a colina escura, chegado ao Campo Romano.

O muro alteava-se aos pés delas — o doce círculo rodeando o campo ou o túmulo. Quantas agulhas Betty Flanders perdera ali! E o broche de granada.

— Algumas vezes fica muito mais claro do que agora — disse a Sra. Jarvis, detendo-se sobre a amurada. Não se viam nuvens, e ainda assim pairava uma névoa sobre o mar e sobre os pântanos. As luzes de Scarborough cintilaram, como se uma mulher, usando colar de diamante, voltasse a cabeça de um lado para outro.

— Como está calmo! — disse a Sra. Jarvis.

A Sra. Flanders esfregava a turfa com o dedo do pé, pensando no broche de granada.

A Sra. Jarvis achava difícil pensar em si própria naquela noite. Tudo estava tão calmo! Não havia vento; nada corria, voava, fugia. Sombras negras pairavam sobre os pântanos prateados. Os arbustos de tojo perfeitamente imóveis. A Sra. Jarvis também não pensava em Deus. Havia uma igreja atrás delas, claro. O relógio da igreja bateu dez horas. As batidas chegavam ao arbusto de tojo, ou o espinheiro as ouvia?

A Sra. Flanders abaixava-se para pegar um seixo. Às vezes as pessoas encontram coisas, pensou a Sra. Jarvis; contudo, naquele luar difuso, era impossível ver qualquer coisa, exceto ossos e pedacinhos de giz.

— Jacob comprou o broche com seu próprio dinheiro; depois eu trouxe o Sr. Parker para ver a paisagem, e o broche deve ter caído... — murmurava a Sra. Flanders.

Eram os ossos mexendo, ou espadas enferrujadas? O broche barato da Sra. Flanders para sempre faria parte desse rico depósito? E se todos os fantasmas afluíssem compactos, esfregando seus ombros na Sra. Flanders, dentro do círculo, ela não se acharia no lugar absolutamente certo, uma matrona inglesa que começava a engordar?

O relógio bateu um quarto.

As frágeis ondas de som quebraram-se entre o tojo hirto e os raminhos de espinheiro, quando o relógio da igreja dividiu o tempo em quartos.

Imóveis e vastos, os pântanos recebiam o aviso, "Passam quinze minutos da hora", respondendo apenas com o movimento de alguma amoreira preta. Contudo, mesmo nessa penumbra, as inscrições nas tumbas podiam ser lidas, vozes lacônicas dizendo "Sou Bertha Ruck", "Sou Tom Gage". E diziam em que dia do ano haviam partido, e o Novo Testamento dava uma palavra em favor deles, altivo, enfático, consolador.

Os pântanos aceitam isso também.

O luar tomba como uma página pálida sobre a parede da igreja e ilumina a família ajoelhada no nicho, a tabuleta colocada em 1780 para o Juiz de paz da paróquia, que ajudava os pobres e acreditava em Deus – de tal maneira que sua voz comedida prossegue, no rolo de mármore, como se pudesse impor-se ao tempo e ao ar livre.

Agora uma raposa se esgueira por trás dos arbustos de tojo.

Muitas vezes, mesmo de noite, a igreja parece repleta de gente. Os bancos estão gastos e sebentos, as batinas nos lugares, os hinários nas prateleiras. É um navio com toda a tripulação a bordo. Os costados forcejam por conter mortos e vivos, homens do arado, carpinteiros, cavalheiros que caçam raposa e fazendeiros recendendo a sujeira e conhaque. Suas línguas se juntam, soletrando as palavras bem marcadas que para sempre dividem em fatias o tempo e os pântanos vastos. Lamento de fé e elegia, desespero e triunfo, e, em geral, o bom senso e a alegre indiferença saem a passos rápidos pelas janelas, a qualquer hora no correr desses quinhentos anos.

Ainda assim, como disse a Sra. Jarvis saindo para os pântanos, "Como está calmo!". Calmo ao meio-dia, exceto quando a caça dispara por ali; calmo à tarde, a não ser pelas ovelhas pastando; e à noite o pântano é perfeitamente silencioso.

Um broche de granada caiu na relva. Uma raposa caminha sorrateira. Uma folha dobra-se no caule. A Sra. Jarvis, que tem cinquenta anos, repousa no campo ao luar difuso.

–... e – disse a Sra. Flanders, endireitando as costas – eu nunca me interessei pelo Sr. Parker.

– Nem eu – replicou a Sra. Jarvis. Começaram a andar de volta para casa.

No entanto, por um momento suas vozes pairaram sobre o campo. O luar não perturbava nada. O pântano assimilava qualquer coisa. Tom Gage gritará alto enquanto sua sepultura perdurar. Os esqueletos romanos estão bem guardados. As agulhas de cerzir de Betty Flanders também estão guardadas, e o seu broche de granada. E por vezes, ao meio-dia, à luz do sol, o pântano parece acalentar esses pequenos tesouros como uma ama. Mas à meia-noite, quando ninguém fala nem corre, e o espinheiro está absolutamente imóvel, seria tolice importunar o pântano com indagações – o quê? Por quê?

E o relógio bate doze golpes.

12

A água caía de uma saliência, como um fio de prumo – uma corrente de grossos elos brancos. O trem disparava por um prado verde e inclinado, e Jacob via tulipas rajadas crescendo e ouvia um pássaro cantar, na Itália.

O automóvel cheio de oficiais italianos corria pela estrada plana e mantinha o mesmo ritmo do trem, levantando pó. Havia árvores ligadas umas às outras por parreiras – tal como dissera Virgílio. Ali, uma estação; e uma tremenda agitação de partida, mulheres de altas botinas amarelas e esquisitos meninos pálidos de meias caídas. As abelhas de Virgílio tinham partido para as planícies da Lombardia. Os antigos costumavam trançar parreiras entre os olmos. Depois, em Milão, havia falcões de asas agudas, de um castanho-claro, traçando figuras sobre os telhados.

Esses vagões italianos ficam horríveis de quentes com o sol da tarde em cima, e provavelmente antes que a locomotiva tenha chegado ao cimo da garganta, a corrente se terá partido. Sobe, sobe, sobe, como um trem visto no cinema. Cada pico se cobre de árvores pontudas e alegres aldeias brancas agrupadas em rochedos. Há sempre uma torre alva bem no alto, telhados chatos e vermelhos, e abaixo um panejamento diáfano. Não é um lugar para se passear depois do chá. Para começar, nada de relva. Todo um lado da colina pautado por oliveiras. Já em abril a terra vira poeira seca entre elas. E não há degraus nem trilhas, ou alamedas manchadas pela sombra de ramadas, nem estalagens do século XVIII com janelas de sacadas curvas, onde se poderia comer presunto e ovos. Ah, não, a Itália é puro ímpeto, despojamento, desnudamento e padres negros arrastando os pés ao longo das estradas. Estranho, também, que sempre estejamos perto de alguma *villa*.

Ainda assim, viajar sozinho com cem libras para gastar é boa coisa. E se o dinheiro acabasse, como provavelmente aconteceria, ele seguiria a pé. Poderia viver de pão e vinho – vinho em garrafas envoltas em palha –; depois de ver a Grécia, visitaria Roma. Sem dúvida a civilização romana era uma experiência bem inferior. Mas Bonamy falava muita bobagem mesmo. "Você devia ter estado em Atenas", diria a Bonamy quando voltasse. "Parado no Partenon", diria, ou "As ruínas do Coliseu sugerem pensamentos sublimes", coisas que haveria de escrever detalhadamente nas cartas. Elas até poderiam acabar formando um ensaio sobre a civilização. Uma comparação entre antigos e modernos, com algumas estocadas bem afiadas no Sr. Asquith – algo no estilo de Gibbon.

Um cavalheiro gordo arrastou-se laboriosamente para dentro do vagão, empoeirado, bojudo, cheio de correntes de ouro; lamentando não ser de raça latina, Jacob olhou pela janela.

É estranho pensar que, viajando dois dias e noites, se está no coração da Itália. *Villas* inesperadas emergem entre as oliveiras; criados regando cactos. Caleches negras param entre pilares pomposos com broquéis de gesso. É uma intimidade a um tempo inesperada e espantosa – expor-se aos olhos de um estrangeiro. E há um solitário topo de colina onde jamais aparece ninguém, e ainda assim eu o vejo, eu, que recentemente desci Piccadilly de ônibus. E o que queria era sair pelos campos, sentar e ouvir os gafanhotos, e pegar um punhado de terra – terra italiana, como é italiana a poeira nos meus sapatos.

Jacob ouviu gritarem nomes estrangeiros em estações de ferrovia, à noite. O trem parou, e ele escutou sapos coaxando perto, e afastou cautelosamente a cortina, e viu o vasto charco branco de luar. O vagão estava denso de fumaça de charuto, que pairava em torno do globo com o quebra-luz verde. O cavalheiro italiano roncava deitado, depois de tirar as botas e desabotoar o casaco... E toda essa história de ir para a Grécia pareceu-lhe insuportavelmente aborrecida – sentar sozinho em hotéis e contemplar monumentos –; teria sido melhor ir à Cornualha com Timmy Durrant...

– Oh – protestou Jacob quando a escuridão começou a romper-se diante dele e a luz apareceu; era o homem que se esticava para pegar alguma coisa – o gordo italiano com peitilho de camisa postiço, barba por fazer, amarfanhado, obeso, abriu a porta e saiu para lavar-se.

Então Jacob soergueu-se no assento e viu um esbelto esportista italiano com uma arma na mão, andando pela estrada na claridade da manhã que se iniciava, e toda a ideia do Partenon o atingiu como uma bofetada.

* * *

Por Deus!, pensou. Temos de estar quase chegando! E meteu a cabeça para fora da janela e recebeu o ar em pleno rosto.

* * *

É exasperador que vinte e cinco pessoas de suas relações sejam capazes de dizer algo adequado sobre a Grécia, enquanto em você uma rolha se aperta sobre todas as emoções. Após lavar-se no hotel, em Patras, Jacob seguira os trilhos de bonde por mais ou menos uma milha; e percorrera-os de volta, também por mais ou menos uma milha; encontrara vários bandos de perus; perdera-se em ruas afastadas; lera anúncios de espartilhos e sopas Maggi; crianças tinham pisado em seus pés; o lugar cheirava a queijo decomposto; sentiu-se feliz por estar de repente diante do seu hotel. Havia entre as xícaras de café um velho exemplar do *Daily Mail*, que ele leu. O que faria depois do jantar?

Sem dúvida, nossa vida seria muito pior sem o nosso espantoso talento para a ilusão. Aos vinte anos mais ou menos, tendo nós renunciado às bonecas e quebrado nossas máquinas a vapor, a França, mais provavelmente a Itália, quase com certeza a Índia, atraem a nossa fértil imaginação. Nossa tia esteve em Roma; todo mundo tem um tio cujas últimas notícias – pobre homem – vieram de Rangoon. Ele não voltará mais. Mas são as governantas que começam o mito da Grécia. Olhe aquela cabeça (dizem elas) – o nariz, está vendo, reto como um dardo, cachos, sobrancelhas – tudo adequado à beleza viril; seus braços e pernas têm linhas que indicam um grau perfeito de evolução – os gregos davam tanta importância ao corpo quanto ao rosto. E os gregos sabiam pintar frutas tão bem que os pássaros as bicavam. Primeiro, você lê Xenofonte; depois, Eurípedes. Um dia – que acontecimento, meu Deus –, o que as pessoas diziam, parece fazer sentido; o "espírito grego"; o grego isso e aquilo e mais aquilo; embora seja absurdo, aliás, afirmar que qualquer grego se aproxime de Shakespeare. O problema, porém, é que fomos educados numa ilusão.

Jacob, sem dúvida, pensava algo nesse teor, com o *Daily Mail* amassado na mão, pernas estendidas – a própria imagem do tédio.

"Mas essa é a maneira como fomos educados", continuou.

E tudo lhe parecia aborrecido. Era preciso fazer alguma coisa. E, do meio de sua depressão moderada, passou a sentir-se um homem em véspera de execução. Clara Durrant deixara-o, numa festa, para conversar com um americano chamado Pilchard. E ele percorrera todo o caminho até a Grécia, para se afastar de Clara. Usavam trajes de noite, falavam bobagens – que incríveis bobagens –, e ele estendera a mão para o *Globe Trotter*, uma revista internacional fornecida grátis a proprietários de hotel.

Apesar de suas condições precárias, a Grécia moderna está muito avançada em seu sistema de bondes elétricos, de modo que, enquanto Jacob se sentava na sala de estar do hotel, os bondes passavam com estrépito, sineteando, tinindo, tinindo, retinindo imperiosamente debaixo das janelas, para afastar os burricos do caminho, e uma velha que se recusava a sair. Toda a civilização estava condenada.

Aristóteles, o garçom, era indiferente a isso também: homem sujo e carnivoramente interessado no corpo do único hóspede que ocupava a única poltrona, entrou ostensivamente no aposento, colocou um objeto no lugar, colocou outro em posição certa, e viu que Jacob continuava ali.

— Quero ser acordado amanhã cedo — disse Jacob por cima do ombro. — Vou a Olímpia.

Essa melancolia, essa submissão às águas escuras que nos cercam, é uma invenção moderna. Talvez, como diria Cruttendon, não acreditemos o bastante. Nossos pais de qualquer forma tinham algo a demolir. E quanto a isso, na verdade, nós também, pensou Jacob amassando o *Daily Mail* na mão. Entraria para o Parlamento, faria belos discursos — mas de que adiantam belos discursos e Parlamento, uma vez que cedemos uma polegada às águas escuras? Na verdade, jamais houve explicação para a maré alta e baixa em nossas veias felicidade e desgraça. Aquela respeitabilidade, e as festas noturnas em que se tem de vestir boas roupas, cortiços ordinários nos fundos de Gray's Inn — algo sólido, irremovível, grotesco, está por trás disso, pensava provavelmente Jacob. E havia o Império Britânico que começava a deixá-lo intrigado; e não era inteiramente a favor de se dar uma Constituição própria à Irlanda. O que dizia o *Daily Mail* a esse respeito?

* * *

Pois foi para se tornar um homem que ele cresceu; e logo se acharia na iminência de mergulhar nas coisas reais — percebia a camareira, esvaziando sua bacia no andar de cima, remexendo em chaves, abotoaduras, lápis, frascos de comprimidos espalhados na cômoda.

Que ele se tornara um homem, era algo que Florinda sabia, como sabia todas as coisas, por instinto.

E Betty Flanders, mesmo agora, suspeitava disso, enquanto lia a carta enviada de Milão.

– Não me conta realmente nada daquilo que eu queria saber – queixou-se à Sra. Jarvis; e a carta a deixava pensativa.

Fanny Elmer sentia-o até o desespero. Pois – pensou – na volta, ele pegaria sua bengala e seu chapéu e caminharia até a janela, e pareceria absolutamente distante, e também muito grave.

– Vou embora – diria ele – filar um almoço com Bonamy.

– Bem, posso me afogar no Tâmisa – chorava Fanny Elmer, passando depressa pelo Asilo de Órfãos.

* * *

"Não se pode confiar no *Daily Mail*", disse Jacob a si mesmo, olhando em torno à procura de algo mais para ler. E suspirou de novo, tão profundamente melancólico que a melancolia devia estar hospedada nele, pronta para enviá-lo a qualquer hora, o que era mau num homem que tanto saboreava todas as coisas, não muito propenso à análise, terrivelmente romântico, é claro – pensava Bonamy em seus aposentos, em Lincoln's Inn.

"Ele vai se apaixonar", pensava Bonamy. "Uma grega qualquer, de nariz reto."

Foi para Bonamy que Jacob escreveu de Patras – para Bonamy, que não podia amar uma mulher e jamais lia um livro tolo.

Afinal, há muito poucos livros bons, pois não podemos contar histórias profusas, viagens em carroças de burro para descobrir as fontes do Nilo, ou a volubilidade da ficção.

Aprecio livros cuja virtude está concentrada numa página ou duas. Aprecio frases que não se movem, ainda que assoladas por exércitos. Aprecio palavras duras – tais eram os pontos de vista de Bonamy, que lhe conquistaram a hostilidade daqueles cujo gosto se volta inteiro para as vegetações frescas da manhã, que erguem a janela num ímpeto e encontram as papoulas espalhadas ao sol, e não conseguem conter um grito de júbilo diante da espantosa fertilidade da literatura inglesa. Essa não era, em absoluto, a maneira de ser de Bonamy. O gosto literário, que afetava suas amizades e o tornava calado, secreto, fastidioso, sentindo-se à vontade apenas com um ou dois rapazes que pensassem da mesma maneira – essa era a acusação que lhe faziam.

Jacob Flanders, contudo, não seguia a sua maneira de pensar – longe disso, suspirou Bonamy, colocando na mesa as finas folhas de papel e mergulhando em reflexões sobre o caráter de Jacob, não pela primeira vez.

O problema era aquela veia romântica. Mas, misturada à estupidez que o leva a essas situações absurdas, pensou Bonamy, há qualquer coisa – qualquer coisa, ele suspirou, pois amava mais Jacob do que qualquer outra pessoa no mundo.

* * *

Jacob foi até a janela e parou com as mãos nos bolsos. Viu três gregos de saiote; mastros de navios; gente ociosa ou ocupada, das classes mais baixas, vagando ou andando rapidamente, formando grupos e gesticulando. A falta de interesse dessa gente por ele não era a causa da melancolia de Jacob; mas uma convicção mais profunda – não de que ele próprio estivesse solitário, mas de que todo mundo é solitário.

No dia seguinte, porém, quando o trem rodeava lento uma colina, a caminho de Olímpia, as camponesas gregas se encontravam nos vinhedos; os velhos gregos, sentados nas estações, bebericavam vinho doce. E, embora Jacob continuasse melancólico, jamais suspeitara de como pode ser terrivelmente divertido estar sozinho; fora da Inglaterra; por conta própria; separado de tudo. Há colinas nuas muito agudas no caminho de Olímpia; e no meio delas, o mar azul a espaços triangulares. Um pouco como a costa da Cornualha. Bem, andar a pé sozinho o dia todo – subir aquele caminho e seguir por ele acima entre os arbustos (são arvorezinhas?) até o topo daquela montanha da qual se pode ver metade das nações da Antiguidade...

— Isso — disse alto Jacob, pois seu vagão estava vazio —, vamos dar uma olhada no mapa.

Quer o censuremos ou elogiemos, não há como negar o cavalo selvagem que trazemos dentro de nós. Ele galopa desenfreado; cai na areia, exausto; sente a terra girar; tem — sem dúvida — um impulso de afeto para com pedras e relvas, como se a humanidade tivesse acabado; e quanto aos homens e mulheres, vamos esquecê-los — não podemos ignorar o fato de que tal desejo muitas vezes nos domina.

* * *

O ar noturno movia de leve as cortinas sujas do hotel em Olímpia.

Estou cheia de amor para com todo mundo, pensou a Sra. Wentworth Williams, especialmente pelos pobres, pelos camponeses voltando à noite com suas cargas. E tudo é doce, é vago e muito triste. É triste, triste. Mas tudo tem uma significação, pensou Sandra Wentworth Williams, erguendo um pouco a cabeça, parecendo muito bela, trágica e exaltada. "É preciso amar todas as coisas."

Ela segurava um bom livro para viagens — contos de Tchekhov — parada ali, de véu, roupa branca, na janela do hotel de Olímpia. Como a noite era bela! E a sua beleza era a da noite. A tragédia da Grécia era a tragédia de todas as almas nobres. O inevitável envolvimento. Ela parecia ter descoberto alguma coisa. Queria anotá-la. E, movendo-se para a mesa em que o marido estava sentado, lendo, apoiou o queixo nas mãos e pensou nos camponeses, no sofrimento, na sua própria beleza, no inevitável envolvimento, e em como haveria de colocar isso por escrito. Evan Williams não disse nada de brutal, banal ou tolo, quando fechou o livro e o pôs de lado para dar lugar aos pratos de sopa que estavam sendo colocados diante deles. Apenas seus tristes olhos de sabujo, e as bochechas pálidas e pesadas, expressavam melancólica tolerância e a convicção de que, embora forçado a viver de modo circunspecto e prudente, jamais conseguiria alcançar nenhum daqueles objetivos que, bem sabia, eram os únicos que valia a pena perseguir. Sua compostura era perfeita; seu silêncio, absoluto.

– Tudo parece significar tantas coisas – disse Sandra. Mas com o som de sua voz, rompeu-se o encantamento. Ela esqueceu os camponeses. Restou apenas a consciência da própria beleza; por sorte, havia um espelho à sua frente.

Sou linda, pensou.

Moveu de leve o chapéu. O marido viu-a contemplar o espelho; e concordou que beleza é importante; é uma herança; não pode ser ignorada, mas é uma barreira; na verdade, praticamente é um aborrecimento. Então, tomou sua sopa e manteve os olhos fixos na janela.

– Codornas – disse a Sra. Wentworth languidamente. – E depois, suponho, cabrito; e depois...

– Provavelmente pudim de caramelo – disse o marido na mesma cadência, já com o palito na mão.

Ela depôs a colher no prato, e a sopa foi retirada ainda pela metade. Sandra jamais fazia nada sem dignidade, pois era do tipo inglês que é tão grego, que faz os aldeões tocarem nos chapéus em saudação, e os habitantes da casa paroquial a reverenciarem; jardineiros-mestres e jardineiros-aprendizes endireitam respeitosamente as costas quando ela desce o amplo terraço no domingo de manhã, demorando-se nas jarras de pedra com o primeiro-ministro para colher uma rosa – coisa que, talvez, ela estivesse tentando esquecer, enquanto o seu olhar vagueava pela sala de jantar do hotel em Olímpia, procurando a janela onde deixara o livro, onde há poucos minutos descobrira algo – algo profundo sobre amor e tristeza e camponeses.

Contudo, foi Evan quem suspirou; não em desespero, nem mesmo em revolta. Sendo o mais ambicioso dos homens e, de temperamento, o mais preguiçoso, jamais realizara coisa alguma; sabia na ponta da língua a história política da Inglaterra, e vivendo muito em companhia de Chatham, Pitt, Burke e Charles James Fox, não podia deixar de comparar a si próprio e à sua idade com eles e com as deles. Nunca os grandes homens foram mais necessários do que agora, costumava dizer a si próprio, num suspiro.

Ali estava ele palitando os dentes num hotel em Olímpia. Satisfeito. Os olhos de Sandra, porém, vagueavam.

– Aqueles melões rosados certamente são perigosos – disse ele tristemente. Enquanto falava a porta abriu-se e entrou um homem de terno em xadrezinho cinza.

– Belos, mas perigosos – disse Sandra, imediatamente falando ao marido na presença de uma terceira pessoa. (Ah, um rapaz inglês numa excursão, pensou.)

E Evan soube de tudo.

Sim, ele sabia de tudo e admirava-a. Muito agradável, pensou, ter aventuras. Mas quanto a ele, com a sua altura (Napoleão tinha um metro e meio, lembrou), seu volume, sua falta de habilidade em impor-se (ainda assim, grandes homens nunca foram mais necessários, suspirou), nada tinha a esperar. Jogou fora o charuto, dirigiu-se a Jacob e perguntou, com a sinceridade simplória que agradava a Jacob, se viera diretamente da Inglaterra.

* * *

– Tipicamente inglês! – riu Sandra, quando na manhã seguinte o garçom lhes contou que o jovem senhor saíra às cinco da manhã para escalar a montanha. – Estou certa de que ele lhe pediu um banho? – e o garçom sacudiu a cabeça e disse que perguntaria ao gerente.

– O senhor não entendeu – riu Sandra. – Esqueça.

* * *

Estendido no topo da montanha, completamente solitário, Jacob se divertia bastante. Provavelmente nunca fora tão feliz em toda a vida.

Mas, no jantar daquela noite, o Sr. Williams perguntou-lhe se não gostaria de ver o jornal; depois, a Sra. Williams perguntou (enquanto vagavam pelo terraço fumando – como poderia recusar o charuto daquele homem?) se vira o anfiteatro ao luar; se conhecia Everard Sherbon; se lia grego, e, caso (Evan levantou-se calado e entrou) tivesse de sacrificar uma das duas, seria a literatura francesa ou a russa?

"E agora", escreveu Jacob em sua carta a Bonamy, "vou ter de ler o maldito livro dela" – o Tchekhov, queria dizer, pois ela lho emprestara.

* * *

Embora seja opinião pouco popular, parece bastante provável que lugares despojados, campos demasiado pedregosos para serem cultivados, tumultuadas planuras de mar a meio caminho entre a Inglaterra e a América, nos agradam mais do que as cidades.

Há em nós qualquer coisa de absoluto, que não pode ser qualificada. É o que a sociedade aborrece e distorce. Pessoas reúnem-se numa sala. "Encantada em conhecê-lo", diz alguém e está mentindo. E depois. "Hoje em dia gosto mais do outono que da primavera. Acho que isso acontece quando se fica mais velha." Pois as mulheres estão sempre, sempre, sempre falando sobre o que sentem, e, ao dizerem "quando se vai ficando velha", esperam que você tenha alguma resposta conveniente.

Jacob sentou-se na pedreira de onde os gregos cortavam mármore para o seu teatro. É duro subir as colinas gregas ao meio-dia. O agreste ciclâmen vermelho estava em flor; ele vira as pequenas tartarugas cambaleando de um montículo a outro; o ar manifestava um odor intenso, subitamente doce, e o sol, batendo em lascas de mármore recortadas, ofuscava intensamente. Ali estava ele sentado, fumando seu cachimbo, digno, arrogante, desdenhoso, um pouco melancólico e entediado, com uma nobre espécie de tédio.

Bonamy teria dito que era esse tipo de coisa que o inquietava – quando Jacob entrava em depressão, parecia um pescador de Margate desempregado, ou um almirante britânico. Não se conseguia fazer com que entendesse coisa alguma quando estava naquele estado de alma. O melhor era deixá-lo só. Ficava imbecilizado. E irritadiço.

Levantara-se muito cedo e visitara estátuas guiado por seu *Baedeker*.

Sandra Wentworth Williams, explorando o mundo antes do café da manhã, em busca de aventura ou de alguma paisagem, toda de branco, não muito alta, mas incomumente ereta – Sandra Williams flagrou a cabeça de Jacob exatamente no mesmo nível da cabeça do Hermes de Praxíteles. A comparação foi toda a favor dele. Mas, antes que ela pudesse dizer uma só palavra, Jacob saíra do museu e a deixara.

Uma dama da moda viaja com mais de um vestido, e se roupas brancas combinam com as horas matinais, talvez amarelo-areia com bolas púrpuras e chapéu negro, e um volume de Balzac, combinem com a noite. Era assim que ela estava vestida no terraço, quando Jacob chegou. Estava linda. Meditava com as mãos cruzadas, parecia escutar o marido, parecia observar os camponeses descendo com lenha às costas, parecia notar que a colina mudava de azul para negro, parecia discriminar entre verdade e falsidade, pensou Jacob, que, de repente, cruzou as pernas, notando como suas calças estavam puídas.

Ele tem um ar muito distinto, decidiu Sandra.

E Evan Williams, recostando-se para trás em sua cadeira, com o jornal nos joelhos, sentiu inveja deles. A melhor coisa a fazer seria publicar pela Editora Macmillan sua monografia sobre a política exterior de Chatham. Mas – para o diabo com essa sensação túmida, enjoada – essa inquietação, essa inchação e calor era ciúme! Ciúme! Ciúme! Que ele jurara nunca mais sentir.

– Venha conosco a Corinto, Flanders – disse, com mais energia do que de hábito, parando junto da cadeira de Jacob. Ficou aliviado com a resposta dele, ou antes, pela maneira sólida, direta, talvez tímida, com que este disse que gostaria muito de ir a Corinto.

Eis um sujeito que poderia fazer sucesso na política, pensou Evan Williams.

"Pretendo vir à Grécia todos os anos enquanto viver", escreveu Jacob a Bonamy. "É a única chance que vejo de me proteger da civilização."

– Sabe Deus o que ele quer dizer com isso – suspirou Bonamy. Pois, como ele próprio jamais dizia algo distorcido, essas expressões obscuras de Jacob o deixavam apreensivo, e, de alguma forma, também impressionado, suas tendências dirigindo-se inteiras para o definido, o concreto, o racional.

* * *

Nada podia ser mais simples do que o que Sandra disse quando descia para Corinto, mantendo-se na pequena trilha, enquanto Jacob andava no solo áspero a seu lado. Ficara órfã de mãe aos quatro anos, e o parque do castelo era imenso.

– Parecia que a gente ia sair dele – riu. – Naturalmente havia a biblioteca e o caro Sr. Jones e suas noções sobre as coisas. Eu costumava vagar pela cozinha e me sentar nos joelhos do mordomo – disse ela, rindo, mas triste...

Jacob pensou que, se ele tivesse estado lá, a teria salvo; pois fora exposta a grandes perigos, sentia, e pensou: As pessoas não entenderiam uma mulher falando como esta fala.

Ela não se importava muito com a aspereza da colina; e Jacob viu que usava calções sob a saia curta.

Mulheres como Fanny Elmer não fazem isso, pensou ele. Aquela não-sei-o-quê Carslake também não; e ainda assim, elas fingem...

A Sra. Williams dizia as coisas de maneira direta. Ele ficou surpreendido com seu próprio conhecimento de regras de conduta; como expressar muito mais do que se pensava; como ser franco com uma mulher; e como conhecera pouco de si mesmo até então.

Evan juntou-se a eles na estrada; enquanto subiam colina e desciam colina (pois a Grécia está em estado de ebulição e ainda assim tem um recorte espantosamente nítido, um país sem árvores, em que se avista o solo entre os talos de grama, cada colina cortada, formada e esboçada a toda hora contra cintilantes águas de um azul profundo, ilhas alvas como areia boiando no horizonte, tufos ocasionais de palmeiras em vales cobertos de cabras negras, manchados de pequenas oliveiras, e às vezes com fendas brancas, em listras ou zigue-zagues nas encostas), enquanto subiam e desciam colinas, ele se encolheu num canto da carruagem, maxilar tão cerrado que a pele se esticava sobre os ossos, e os pelinhos estavam eriçados. Sandra viajava na frente, dominadora, como uma Vitória preparada para voar pelos ares.

Insensível!, pensou Evan (o que não era verdade).

Desmiolada!, suspeitou (o que também não era verdade). Mesmo assim ele a invejava!

Na hora de dormir, Jacob achou difícil escrever a Bonamy. Mas vira Salamina e Maratona a distância. Pobre velho Bonamy! Não; havia algo estranho nisso. Não podia escrever a Bonamy.

* * *

"Mesmo assim irei a Atenas", decidiu, parecendo resoluto, apesar do aguilhão que lhe dilacerava o peito.

Os Williams já tinham estado em Atenas.

* * *

Atenas ainda é capaz de impressionar um jovem, como a mais bizarra das combinações e o mais incongruente dos agrupamentos. Num momento, é suburbana; noutro, imortal. Aqui, joias baratas importadas, expostas em bandejas de pelúcia. Ali, uma mulher majestosa exibe-se nua, exceto pelas ondulações de pano acima do joelho. O jovem não consegue dar forma às suas sensações, enquanto passeia pelo Bulevar Parisiense numa tarde quente, esquivando-se do landô real, que, de aparência incrivelmente decadente, sacoleja pela rua esburacada, saudado pelos cidadãos de ambos os sexos trajados em chapéu-coco barato e roupas também importadas; embora um pastor de saiote, capa e perneiras quase leve seu rebanho de cabras para debaixo das rodas reais; e todo o tempo a Acrópole aponta no ar, ergue-se acima da cidade, como uma grande onda imóvel, com as colunas amarelas do Partenon firmemente plantadas em cima.

As colunas amarelas do Partenon podem ser vistas a qualquer hora do dia, firmemente plantadas em cima da Acrópole; ao crepúsculo, porém, quando os navios do Pireu disparam suas armas, uma campainha toca, um homem de uniforme (colete desabotoado) aparece; e as mulheres enrolam as meias pretas que estão tricotando à sombra das colunas, chamam as crianças e atropelam-se na descida da colina, de volta a suas casas.

Lá estão eles novamente, os pilares, o frontão, o Templo de Vitória e o Ereteu, colocados numa rocha fulva fendida por sombras; abrimos nossas venezianas diretamente para a manhã e, debruçando-nos para fora, ouvimos a algazarra, o clamor, o estalo dos chicotes na rua embaixo. Lá estão eles.

A extrema nitidez com que aparecem, agora de um branco luminoso, depois amarelos e vermelhos, conforme a luz, impõe a ideia de permanência, de alguma energia espiritual a emergir através da terra, que em outra parte se dissiparia em elegantes inutilidades. Embora a beleza seja suficientemente humana para nos fazer fraquejar, para remexer no espesso sedimento de lama – memórias, abandonos, arrependimentos, devoções sentimentais –, o Partenon está apartado de tudo isso; e, se considerarmos que tem emergido ali a noite toda, séculos a fio, podemos ligar o ofuscamento (ao meio-dia o brilho é ofuscante e o friso quase invisível) à ideia de que apenas a beleza talvez seja imortal.

Além disso, comparado ao ornamento de estuque descascado, às novas canções de amor estridentes ao arranhar das guitarras e gramofones e às faces móveis mas insignificantes na rua, o Partenon é realmente espantoso em sua silenciosa serenidade, tão vigorosa que, longe de decadente, o Partenon parece, ao contrário, capaz de sobreviver ao mundo.

* * *

– E os gregos, como homens sensatos, jamais se importaram em concluir a parte de trás das estátuas – disse Jacob, protegendo os olhos com a mão e observando que o lado que não se enxerga era deixado em estado bruto.

Notou a leve irregularidade das linhas dos degraus, que "o senso artístico dos gregos preferia a uma precisão matemática", dizia o livro-guia.

Jacob estava parado no lugar exato em que a grande estátua de Atenas costumava ficar e identificou os mais famosos marcos da cena abaixo.

Em suma, Jacob mostrou-se minucioso e diligente, mas profundamente moroso. Além do mais, os guias o importunavam. Isso foi segunda-feira.

Na quarta, redigiu um telegrama para Bonamy, dizendo que viesse logo. Depois amassou-o na mão, jogando-o na sarjeta.

Por essa coisa ele não virá mesmo, pensou. E atrevo-me a dizer que essa coisa vai se desgastar por si. "Essa coisa" era uma sensação ansiosa e dolorida – algo como egoísmo, que faz com que se deseje que tudo desapareça, de tal modo que não se quer ver mais nada, porque se ultrapassou o limite que se é capaz de suportar. Se continuar, não conseguirei dominá-la; se ao menos tivesse alguém perto de mim. Infelizmente, Bonamy se enfia em seu quarto em Lincoln's Inn – oh, com efeito, maldição, maldição –, é tão opressiva a visão de Himeto, Pentélico, Licabeto de um lado, e a do mar no outro, quando se está parado no Partenon ao pôr do sol, o céu coberto de plumagens rosadas, a planície toda colorida, o mármore moreno aos nossos olhos. Ainda bem que Jacob tinha pouco senso para associações pessoais; raramente pensava em Platão ou Sócrates em carne e osso; por outro lado, sua sensibilidade para arquitetura era muito forte; preferia estátuas a pinturas; e começava a pensar muito nos problemas da civilização, resolvidos de modo tão notável pelos antigos gregos, embora suas soluções já não nos ajudem. Então o aguilhão deu-lhe uma ferroada intensa no lado, quando estava na cama, na quarta à noite; e ele revirou-se numa espécie de tumulto desesperado, lembrando-se de Sandra Wentworth Williams, por quem estava apaixonado.

No dia seguinte, ele escalou o Pentélico.

No outro, subiu a Acrópole. Era cedo; o lugar, quase deserto; e possivelmente havia trovões no ar. Mas o sol desabava pleno sobre a Acrópole.

A intenção de Jacob era sentar-se e ler; encontrando um cilindro de mármore em lugar conveniente, de onde se podia avistar Maratona e ainda assim estar na sombra, enquanto o Ereteu ofuscava branco à sua frente, sentou-se ali. E depois de ler uma página, colocou o polegar dentro do livro. Por que não governar países da maneira como deviam ser governados? E voltou a ler.

Sem dúvida, aquela posição, vendo toda a Maratona, de alguma forma o deixou excitado. Ou talvez um cérebro lento tenha esses instantes de florescimento. Ou, insensivelmente, enquanto estava no estrangeiro, começara a pensar em política.

E então, erguendo o olhar e vendo o contorno nítido, suas meditações assumiram extraordinária perspicácia; a Grécia acabara; o Partenon se achava em ruínas; e ainda assim, Jacob estava ali.

(Damas com sombrinhas verdes e brancas passavam pelo pátio – damas francesas iam reunir-se aos maridos em Constantinopla.)

Jacob retomou a leitura. E, colocando o livro no chão, começou a escrever uma nota sobre a importância da história, como se estivesse inspirado pelo que lera – num desses rabiscos sobre os quais se pode fundar a obra de uma vida inteira; ou, por outro lado, rabiscos que cairão dentro de um livro vinte anos depois, e ninguém se lembrará de uma só palavra. É algo um pouco doloroso; sempre é melhor queimá-los.

Jacob escreveu; começou a desenhar um nariz reto; foi quando todas as damas francesas, abrindo e fechando suas sombrinhas logo abaixo dele, exclamaram, olhando o céu, que a gente não sabia o que devia esperar – chuva ou bom tempo?

Jacob ergueu-se e vagou pelo Ereteu. Ainda há diversas mulheres ali paradas, sustentando o teto sobre suas cabeças. Jacob endireitou-se um pouco, pois estabilidade e equilíbrio são a primeira coisa a afetar o corpo. Essas estátuas anulavam tanto as coisas! Ele as encarou, depois virou-se, e lá estava Madame Lucien Gravé, empoleirada num bloco de mármore com sua máquina fotográfica apontada para a cabeça dele. Naturalmente, ela saltou dali, apesar da idade, do corpo e das botas justas – tendo, agora que a filha se casara, caído com luxuriante abandono, de certa forma imponente, numa carnação grotesca; ela saltou, mas não antes que Jacob a tivesse visto.

Malditas mulheres; malditas mulheres!, pensou. E foi apanhar o livro que deixara no chão do Partenon.

– Como elas estragam as coisas – murmurou encostado num dos pilares, apertando firme o livro sob o braço. (Quanto ao tempo, sem dúvida a tempestade desabaria logo; Atenas estava sob as nuvens.)

– São essas malditas mulheres – disse Jacob, sem traço de amargura, antes com tristeza e desapontamento, pois o que poderia ter sido não seria jamais.

(Essa intensa desilusão deve ser geralmente esperada em saudáveis rapazes na flor da idade, que em breve se tornarão pais de família e diretores de banco.)

Então, certificando-se de que as damas francesas haviam partido e espiando cautelosamente em torno, Jacob foi devagar até o Ereteu e olhou mais ou menos furtivamente para a deusa do lado esquerdo, que sustentava o teto sobre a cabeça. Ela lhe lembrou Sandra Wentworth Williams. Ele a encarou, depois afastou o olhar. Estava extraordinariamente comovido, e com o carcomido nariz grego na cabeça, com Sandra na cabeça, com toda a espécie de coisas na cabeça, começou a andar diretamente para o topo do monte Himeto, em meio ao calor.

* * *

 Naquela mesma tarde, Bonamy foi tomar chá com Clara Durrant, expressamente para falar sobre Jacob, na praça atrás de Sloane Street, onde, em cálidos dias de primavera, há estores listrados sobre as janelas da frente, cavalos solitários pateando no macadame fora das portas e cavalheiros idosos em coletes amarelos tocando campainhas e entrando muito polidos, quando a criada responde em tom grave que a Srta. Durrant está em casa.
 Bonamy sentou-se com Clara Durrant na ensolarada sala da frente, com o realejo pipilando docemente lá fora, a carroça de água passando lenta e respingando o pavimento, as carruagens retinindo, e sobre toda a prata e *chintz*, tapetes marrons e azuis, vasos cheios de ramagens verdes, roçavam trêmulos raios de ouro.
 A insipidez do que estavam falando não precisa de ilustração – Bonamy respondia gentilmente com palavras calmas, divertindo-se com aquela existência apertada e castrada dentro de um sapato de cetim branco (enquanto isso, a Sra. Durrant discutia estridentemente política com um ilustre senhor qualquer na sala dos fundos), até que a virgindade da alma de Clara lhe apareceu, cândida, e suas profundezas desconhecidas; e ele teria pronunciado o nome de Jacob, se não tivesse começado a sentir-se positivamente certo de que Clara o amava – e ainda assim não podia fazer coisa alguma.
 – Coisa alguma! – exclamou quando a porta se fechou e, para um homem do seu temperamento, teve uma sensação muito esquisita, enquanto andava através do parque, como de carruagens irresistivelmente impelidas ou de canteiros de flores descompromissadamente geométricos, ou de uma força que dispara em torno de desenhos geométricos da maneira mais insensata do mundo.

Seria Clara, pensou ele parando para observar os meninos banhando-se na Serpentina, a mulher enfim silenciosa? Jacob se casaria com ela?

* * *

Contudo, em Atenas, à luz do sol, onde é quase impossível conseguir o chá da tarde, e cavalheiros idosos que falam em política falam nela de maneira toda diferente, em Atenas sentava-se Sandra Wentworth Williams, de véu, de branco, pernas estendidas à frente, um cotovelo no braço da cadeira de bambu, nuvens azuis exalando-se ondulantes do cigarro.

As laranjeiras que florescem na Praça da Constituição, a banda, o arrastar dos pés, o céu, as casas cor de limão e rosa – tudo isso tornou-se tão significativo para a Sra. Wentworth Williams, depois da segunda xícara de café, que ela começou a romancear a história da senhora inglesa nobre e impulsiva que, em Micenas, oferece um lugar em seu carro a uma velha senhora americana (Sra. Duggan) – história não de todo falsa, embora não se levasse em conta a presença de Evan, parado ali, primeiro num pé depois noutro, aguardando que as mulheres terminassem de conversar.

– Estou pondo em versos a *Vida do Padre Damião* – dizia a Sra. Duggan, pois perdera tudo, tudo no mundo, marido e filho e tudo, mas a fé continuava.

Esvoaçando do particular para o universal, Sandra recostou-se para trás, num transe.

O voo do tempo que nos empurra tão tragicamente para diante; o monocórdio e irritante eterno, por vezes rebentando em ferozes labaredas amarelas como aquelas efêmeras bolas amarelas entre folhas verdes (ela olhava as laranjeiras); beijos em lábios que irão morrer; o mundo girando, girando em confusão de som e calor – embora na verdade exista a noite sossegada com seu doce palor, Pois sou sensível a todos os aspectos do fato, pensou Sandra, *e a Sra. Duggan vai me escrever sempre, e responderei a suas cartas.* Agora, a banda real passava marchando com a bandeira nacional, provocando em Sandra círculos mais amplos de emoção – e a vida tornava-se algo que os mais corajosos dominam e cavalgam, para ir dominar o mar, os cabelos esvoaçantes. (Era isso que ela imaginava, no momento em que a brisa passava leve entre as laranjeiras) – ela própria se via emergindo de um nevoeiro prateado, quando avistou Jacob. Parado na praça, com um livro debaixo do braço, olhando vagamente em torno. Verdade que tinha corpo robusto, e com o tempo poderia engordar.

Mas ela suspeitava que ele fosse apenas um homem rústico.

– Lá está aquele rapaz – disse, irritada, jogando fora o cigarro –, aquele Sr. Flanders.

– Onde? – disse Evan. – Não estou vendo.

– Oh, está indo embora, atrás das árvores agora. Não, não dá para você ver. Mas com certeza vamos nos encontrar com ele – e naturalmente foi o que aconteceu.

* * *

Até que ponto ele era apenas um homem rústico? Até que ponto, aos vinte e seis anos, Jacob Flanders era um sujeito tolo? Não adianta querer classificar pessoas. É preciso seguir alusões, não exatamente o que é dito, não inteiramente o que é feito. Alguns, é verdade, mostram logo indeléveis impressões de personalidade. Outros se arrastam, se desperdiçam, são soprados para um lado e outro. Velhinhas bondosas nos asseguram que muitas vezes os gatos são os melhores juízes do caráter. Um gato sempre se aproxima de um homem bom, dizem elas; mas a Sra. Whitehorn, senhoria de Jacob, odiava gatos.

Há também a respeitável opinião de que hoje em dia avaliar personalidades é algo superado. Enfim, que importa isso – que Fanny Elmer fosse toda sentimentos e sensação, e a Sra. Durrant dura como ferro? Que Clara, devendo (diziam os avaliadores de personalidades) muito à influência da mãe, jamais tivesse a chance de fazer coisa alguma por si mesma, e só a olhos muito perspicazes revelasse profundezas de emoção positivamente alarmantes; certamente se jogaria nos braços de alguém indigno dela, qualquer dia, a não ser que, dizem os avaliadores de personalidades, tivesse uma centelha do espírito da mãe – a qual, de alguma forma, era heroica. Mas que termo para se aplicar a Clara Durrant! Outros, ainda, julgavam-na extremamente simples. E dizem ser essa a verdadeira razão pela qual atraía Dick Bonamy – o rapaz com nariz de Wellington. Mas *ele é* um candidato fora de competição, se assim você quiser. E todos os mexericos subitamente cessariam – obviamente aludiam àquela sua inclinação peculiar, sobre a qual há muito tempo murmuravam.

– Às vezes é exatamente de uma mulher como Clara que homens desse temperamento necessitam... – sugeriria a Srta. Julia Eliot.

– Bem – responderia o Sr. Bowley –, pode ser.

Não importa quanto tempo duram e o quanto estufam a personalidade de sua vítima, até que fique inchada e tenra como fígado de ganso exposto à chama ardente, esses mexericos jamais levam a qualquer decisão.

– Aquele rapaz – diriam – Jacob Flanders, com um ar tão distinto, mas tão desajeitado. – E se interessariam por Jacob e vacilariam eternamente entre os dois extremos. – Ele cavalgava nas caçadas, não com muita frequência, pois não tinha dinheiro – diriam.

– Você jamais soube quem era o pai dele? – indagou Julia Eliot.

– Dizem que a mãe tem alguma ligação com os Rocksbiers – replicou o Sr. Bowley.

– Bem, ele não se mata de trabalhar.

– Os amigos gostam muito dele.

– Você quer dizer Dick Bonamy?

– Não, não era isso que eu queria dizer. Obviamente, com Jacob a coisa é outra. Ele é exatamente o tipo do rapaz que se apaixona até as orelhas, e depois se arrepende pelo resto da vida.

– Ah, o Sr. Bowley... – disse a Srta. Durrant, lançando-se sobre eles no seu modo imperioso. – Lembra-se da Sra. Adams? Esta é a sobrinha dela. – E, levantando-se, o Sr. Bowley curvou-se polidamente e pegou morangos.

Assim somos levados a considerar o que querem dizer as pessoas sérias – os homens que frequentam clubes e ministérios – quando afirmam que classificar personalidades é uma ocupação frívola, exercida junto da lareira, um assunto de alfinetes e agulhas, contornos bizarros contendo um vazio, floreios e meros rabiscos.

Os navios de guerra lançam seus holofotes sobre o Mar do Norte, mantendo suas seções escrupulosamente separadas. A um sinal dado todas as armas apontam para um alvo que (o mestre-artilheiro conta os segundos, relógio na mão – no sexto ergue o olhar) explode em fragmentos. Com igual indiferença, uma dúzia de jovens na flor da idade baixa com rostos calmos às profundezas do mar; e impassivelmente (embora com perfeito domínio da maquinaria) sufoca juntos, sem queixume. Como blocos de soldadinhos de chumbo, o exército cobre o trigal, sobe a colina, cambaleia de leve de um lado para outro, achata-se na terra; apenas através de binóculos pode-se ver uma ou duas peças ainda movendo-se para cima e para baixo, como lascas de fósforos quebrados.

Essas formas de atividade, juntamente com o incessante comércio bancário, de laboratórios, chancelarias e casas de negócios, são os impulsos que levam o mundo para frente, dizem. E são manejados por homens de feições tão brandas como o policial impassível de Ludgate Circus. Mas você notará que, longe de mostrar tendências à redondez, sua face é rígida de tanta força de vontade, magra pelo esforço de manter-se assim. Quando o braço direito se ergue, toda a força de suas veias corre direta do ombro para a ponta dos dedos; nem um grama se desvia em impulsos repentinos, arrependimentos sentimentais, distinções sutis. E os ônibus param pontualmente.

É assim que vivemos, dizem, impulsionados por uma força inapreensível. Dizem que os romancistas jamais a captam; que ela prossegue em disparada através de suas malhas e as rasga em trapos. É disso que vivemos – dizem –, dessa força inapreensível.

* * *

— Onde estão os homens? — disse o velho General Gibbons, olhando em torno na sala de visitas, cheia de gente bem vestida, como era costume nas tardes de domingo. — Onde estão as armas?

A Sra. Durrant também olhou.

Clara, pensando que a mãe precisava dela, entrou; depois saiu de novo.

Estavam falando sobre a Alemanha na casa dos Durrants, e (impelido por aquela força inapreensível) Jacob desceu rapidamente a Rua Hermes e chocou-se direto com os Williams.

* * *

— Oh! — gritou Sandra subitamente numa arrebatada cordialidade. E Evan acrescentou: — Que sorte!

O jantar que ofereceram a Jacob no hotel que dá para a Praça da Constituição foi excelente. Cestas laminadas com pãezinhos frescos. Manteiga autêntica. E a carne quase dispensava o ornamento dos inumeráveis pedacinhos de legumes verdes e vermelhos boiando num molho vítreo.

Contudo, era estranho. Havia mesinhas colocadas a espaços sobre o tapete escarlate com o monograma do rei grego em amarelo. Sandra jantou de chapéu, com véu, como de hábito. Evan olhava para um lado e outro, por cima do ombro; imperturbável, mas ainda assim suplicante; e por vezes suspirava. Estranho. Pois eram ingleses que se encontravam em Atenas numa noite de maio. Jacob, servindo-se disto ou daquilo, dava respostas inteligentes, mas com um timbre diferente na voz.

Os Williams iam para Constantinopla cedo na manhã seguinte, disseram.

— Antes de você se levantar — disse Sandra.

Deixariam Jacob sozinho. Virando-se só um pouquinho, Evan encomendou qualquer coisa — uma garrafa de vinho — da qual serviu a Jacob com uma espécie de solicitude paternal, se era possível uma coisa dessas. Ser deixado sozinho – era bom para um rapaz. Jamais houvera tempo em que a pátria precisasse tanto de seus homens. Ele suspirou.

– Esteve na Acrópole? – perguntou Sandra.

– Sim – disse Jacob. E foram juntos até a janela, enquanto Evan falava com o chefe dos garçons sobre acordá-los cedo na outra manhã.

– É espantoso – disse Jacob com voz áspera.

Sandra abriu debilmente os olhos. Possivelmente, suas narinas também se expandiram um pouco.

– Então, às seis e meia – disse Evan, aproximando-se, parecendo enfrentar algo ao encontrar sua mulher e Jacob parados de costas para a janela.

Sandra lhe sorriu.

E enquanto ele se dirigia à janela, sem nada dizer, ela acrescentou em meias-frases fragmentadas:

– Mas que encantador, não seria? A Acrópole, Evan, ou você está cansado demais?

Então Evan olhou-os, ou, como Jacob estivesse olhando fixamente por cima da cabeça dele, encarou a esposa, carrancudo, indisposto, ainda assim com uma certa mágoa – embora ela não fosse ter compaixão. Nem o implacável espírito do amor, por mais que ele se esforçasse, faria cessar seus tormentos.

Deixaram-no; ele ficou sentado na sala dos fumantes, que dá para a Praça da Constituição.

* * *

– Evan sente-se mais feliz sozinho – disse Sandra. – Não temos visto jornais. É melhor que cada um tenha o que deseja... Você viu tantas coisas maravilhosas desde o nosso último encontro... que impressão lhe causaram... Acho que você mudou.

– Quer ir até a Acrópole? – disse Jacob. – Então vamos subir até lá.

– É algo de que vamos lembrar a vida toda – disse Sandra.

– Sim – disse Jacob. – Queria que você tivesse vindo de dia.

– Mas assim é mais lindo ainda – disse Sandra, fazendo um gesto com a mão.

Jacob olhava vagamente.

– Mas devia ver o Partenon de dia – disse. – Não poderia vir amanhã; seria cedo demais?

– Você ficou sentado ali horas e horas sozinho?

– Esta manhã havia umas mulheres horrorosas – disse Jacob.

– Mulheres horrorosas? – ecoou Sandra.

– Francesas.

– Mas algo muito lindo aconteceu com você – disse Sandra. Dez minutos, quinze minutos, meia hora, era todo o tempo de que ela dispunha.

– Sim – disse ele.

– Quando se tem a sua idade, quando se é jovem, o que é que se faz? A gente se apaixona, ah, sim! Mas não se apresse. Sou muito mais velha do que você.

Homens desfilando empurraram-na do calçamento.

– Devemos continuar? – perguntou Jacob.

– Vamos continuar – insistiu ela.

Pois não podia parar enquanto não lhe tivesse dito, ou enquanto ele não lhe dissesse – ou será que esperava alguma ação da parte dele? Era alguma coisa que ela discernia, longe, no horizonte, e não a deixava descansar.

– Jamais se conseguiria que ingleses se sentassem expostos como as pessoas daqui – disse ele.

– Não, jamais. Quando voltar à Inglaterra, você não vai esquecer isso, ou venha conosco a Constantinopla! – exclamou ela de repente.

– Mas então...

Sandra suspirou.

– Claro, eu sei, você tem de ir a Delfos – disse. "Mas o que é que estou querendo dele?", indagou a si mesma. "Talvez alguma coisa que perdi..." – Vai chegar lá às seis da tarde – comentou. – Vai ver as águias.

Jacob mostrava um ar obstinado e mesmo desesperado à luz da esquina, e, ainda assim, controlado. Talvez sofresse. Era ingênuo. Contudo, havia nele algo de cáustico. Trazia em si as sementes da extrema desilusão que lhe viria das mulheres na idade madura. Talvez, se tentasse firmemente chegar ao topo da colina, isso não tivesse de lhe acontecer – a desilusão causada pelas mulheres na idade madura.

– O hotel é um horror – disse ela. – Os últimos hóspedes deixaram a banheira cheia de água suja. Isso sempre acontece – riu.

– As pessoas que se encontram por aí *são* abomináveis – disse Jacob.

Sua excitação era óbvia.

– Escreva e me conte a respeito – disse ela. E conte-me o que sente e pensa. Conte-me tudo.

A noite estava escura. A Acrópole aparecia como um monte todo recortado.

– Isso me daria um prazer imenso – disse ele.

– Quando voltarmos a Londres, vamos nos encontrar...

– Sim. Será que deixam os portões abertos? – perguntou ele.

– Podemos saltar por cima – respondeu ela, ousada.

As nuvens passaram de leste para oeste, obscurecendo a lua e deixando a Acrópole nas trevas. As nuvens se solidificavam; os vapores se adensavam; os véus singrantes pararam e acumularam-se.

Estava escuro sobre Atenas, exceto pelas diáfanas listras vermelhas onde passavam ruas; e a frente do Palácio era cadavérica sob a iluminação elétrica. Os molhes destacavam-se do mar, marcados por pontinhos separados; as ondas estavam invisíveis, e os promontórios e ilhas pareciam montes escuros com algumas luzes.

– Eu adoraria trazer meu irmão, se pudesse – murmurou Jacob.

– E então, quando sua mãe vier a Londres... – disse Sandra.

A terra grega estava trevosa; de alguma forma, perto de Eubeia, uma nuvem devia ter tocado as ondas, fazendo-as respingar

– os delfins girando mais e mais fundo no mar. Agora o vento era intenso, disparando pelo Mar de Mármara, entre a Grécia e as planícies de Troia.

Na Grécia e nas terras altas da Albânia e da Turquia, o vento esfrega areia e pó, tornando-se denso de partículas secas. Depois, malha as doces ogivas das mesquitas e faz rangerem e se arrepiarem os ciprestes hirtos junto às tumbas dos maometanos com seus turbantes.

Os véus de Sandra enrolaram-se em torno dela.

– Eu lhe darei o meu exemplar – disse Jacob. – Tome. Vai guardá-lo?

(O livro eram os poemas de Donne.)

A agitação do ar descobriu uma estrela veloz. Uma após outra, as luzes se apagaram. Grandes cidades, Paris, Constantinopla, Londres, eram negras como rochas esparramadas em meio à torrente. Podiam-se ver os cursos d'água. Na Inglaterra as árvores estavam pesadas de folhas. Aqui talvez, numa floresta do sul, um velho queimava samambaias secas, assustando os pássaros. Ovelhas tossiam; uma flor curvou-se de leve para outra. O céu inglês é mais macio, mais leitoso do que o do Oriente. Algo doce passou por ele, vindo das colinas relvadas, algo amortecido. O vento salgado soprava pela janela do quarto de dormir de Betty Flanders e, erguendo-se um pouco nos cotovelos, a viúva suspirou como alguém que percebe – mas a adiaria um pouco mais, oh, um pouco mais! – a opressão da eternidade.

Voltemos, porém, a Jacob e Sandra.

Tinham desaparecido. Lá estava a Acrópole; mas teriam chegado até ela? As colunas e o Templo perduram; a emoção dos vivos se abate sobre eles, renovada, ano após ano; e o que sobra de tudo isso?

Quanto a chegar até a Acrópole, quem poderá dizer que alguém jamais o fez, ou que, ao acordar na manhã seguinte, Jacob encontrou algo consistente e durável para guardar para sempre? Jacob, porém, foi com eles a Constantinopla.

Sandra Wentworth Williams certamente acordou encontrando um exemplar dos poemas de Donne no toucador. O livro ficaria na estante da casa de campo inglesa, onde a *Vida do Padre Damião*, de Sally Duggan, em verso, lhe faria companhia um dia desses. Já havia ali dez ou doze livrinhos. Entrando, ao anoitecer, Sandra os abriria, e seus olhos se iluminariam (mas não por causa do texto), e sentando-se na poltrona ela sorveria outra vez a alma do instante; ou, como por vezes ficasse inquieta, tiraria da estante um livro atrás do outro, e se embalaria pelo espaço de toda a sua vida, como um acrobata de trapézio em trapézio. Tivera seus momentos. Enquanto isso, o grande relógio do patamar tiquetaqueava, e Sandra ouviria o tempo acumular-se, e perguntaria a si mesma: para quê? Por quê?

– Para quê? Por quê? – diria Sandra colocando outra vez o livro no lugar, dirigindo-se ao espelho e ajeitando o cabelo. E a Srta. Edwards se espantaria, na hora do jantar, com a súbita solicitude de Sandra, quando abrisse a boca para mandar servir o carneiro assado: – Está feliz, Srta. Edwards? – coisa em que Cissy Edwards há anos não pensava.

Para quê? Por quê? Jacob jamais fazia tais perguntas a si mesmo, a julgar pelo seu modo de amarrar as botinas e fazer a barba; a julgar pelo profundo sono daquela noite, com o vento remexendo as persianas, e meia dúzia de mosquitos cantando em seu ouvido. Ele era jovem – um homem. E Sandra estava certa quando o considerava ingênuo. Aos quarenta anos, a coisa pode ser diferente. Ele marcara as passagens de que gostava em Donne; eram bastante ousadas. Mas ao lado delas podemos colocar passagens da mais pura poesia em Shakespeare.

O vento empurrava a escuridão pelas ruas de Atenas; podia-se mesmo pensar que a empurrava com uma atropelada energia que proíbe uma análise muito precisa das emoções de qualquer pessoa ou de suas feições. Todos os rostos – gregos, levantinos, turcos, ingleses – teriam parecido iguais naquela escuridão. Em toda a extensão, as colunas e os templos surgiam brancos, amarelos, rosados; as Pirâmides e São Pedro se alteavam; e por fim St. Paul, que assoma preguiçosa.

Os cristãos têm o direito de erguer mais cidades com sua interpretação musical do sentido a dar ao dia. Então, menos melodiosamente, dissidentes de diversas seitas produzem uma réplica mal-humorada. Os navios a vapor, ressoando como gigantescos diapasões, declaram o fato antigo – existe um mar balouçando frio e verde lá fora. Contudo, hoje em dia é a tênue voz do dever, pipilando num fio branco na extremidade de um funil, que reúne as maiores multidões, e a noite não é senão um longo suspiro entre batidas de martelo, um sopro profundo que pode ser ouvido de uma janela aberta mesmo no coração de Londres.

Mas quem, exceto os de nervos desgastados, os insones, ou pensadores parados com mãos protegendo os olhos sobre um penhasco acima da multidão, vê coisas assim, num esboço de esqueleto, despidas da carne? Em Surbiton o esqueleto está envolto em carne.

– A chaleira nunca ferve tão bem como numa manhã de sol – diz a Sra. Grandage, dando uma olhada no relógio sobre a lareira. Então, o gato persa cinzento se espreguiça sobre o banco debaixo da janela e, com as patas redondas e macias, tenta apanhar uma mariposa. E, antes que a refeição matinal termine (estavam atrasados naquele dia), colocam um bebê em seu regaço, e ela precisa vigiar o açucareiro enquanto Tom Grandage lê o artigo sobre golfe no *Times*, beberica seu café, limpa os bigodes e sai para o escritório, onde é a maior autoridade em comércio externo e acaba de ser indicado para uma promoção.

O esqueleto está bem envolto em carne. Mesmo nessa noite escura, enquanto o vento empurra a treva por Lombard Street e Fetter Lane e Bedford Square, há movimento (pois é verão e estamos no auge da estação), plátanos enfeitados de luzes elétricas e cortinas ainda preservando o quarto da luz da madrugada. As pessoas ainda repetem murmurando a última palavra pronunciada na escadaria, ou, através dos sonhos, aguardam a voz do despertador. Como quando o vento erra por uma floresta, inumeráveis ramos finos se agitam; colmeias são tocadas de leve; insetos balouçam em talos de grama; a aranha galga rápida as rugas de uma casca de árvore; o ar inteiro vibra de respiração – elástico de múltiplos filamentos.

Mas aqui – em Lombard Street e Fetter Lane e Bedford Square – cada inseto carrega em sua cabeça um globo terrestre e as teias da floresta são esquemas imaginados para que os negócios transcorram sem problemas; e o mel é um tesouro oculto; e o movimento no ar é a indescritível agitação da vida.

Mas a cor reaparece; corre pelos talos de grama acima; explode em tulipas e crocos; imprime traços vigorosos nos troncos das árvores; impregna o tecido impalpável do ar, reveste as ervas e os tanques de água.

O Banco da Inglaterra emerge; e o Monumento com sua cabeça eriçada de cabelo dourado; e os cavalos de tração atravessando a Ponte de Londres ostentam sua cor de cinza e de morango e de ferro. Há um tatalar de asas quando os trens suburbanos disparam pelo terminal adentro. E a luz escala as fachadas de todas as casas altas e cegas, esgueira-se por uma fenda e pinta as lustrosas e bojudas cortinas carmesim; e verdes cálices de vinho; e xícaras de café; e cadeiras paradas fora de prumo.

A luz do sol desaba nos espelhos e nos deslumbrantes canecos de latão e sobre todos os alegres enfeites do dia – o claro, curioso, resplandecente dia de verão em sua armadura, que há muito subjugou o caos, que secou as melancólicas neblinas medievais, que drenou o pântano e colocou sobre ele pedra e cristal; que equipou nossas mentes e corpos com um tal arsenal que a simples visão do lampejo e ímpeto dos membros empenhados em conduzir a vida cotidiana é melhor do que o antigo cortejo de exércitos saindo em formação de combate pela planície.

13

– O auge da estação – disse Bonamy.
O sol já empolara a tinta nos espaldares das cadeiras verdes de Hyde Park, soltara as cascas dos plátanos, transformara a terra em poeira e macios seixos amarelos. E o Hyde Park, incessantemente percorrido pelo giro das rodas.

– O auge da estação – disse Bonamy sarcástico.

Estava sarcástico por causa de Clara Durrant; porque Jacob regressara da Grécia muito moreno e magro, com bolsos cheios de anotações sobre a Grécia, que tirou para fora quando o homem das cadeiras veio pedir um pence; porque Jacob estava calado.

Ele não disse uma palavra demonstrando que está contente por me rever, pensou Bonamy amargurado.

Os automóveis passavam incessantes sobre a ponte da Serpentina; as classes superiores andavam eretas, ou debruçavam-se graciosas sobre as amuradas; as classes inferiores deitavam-se de costas, com joelhos encolhidos; ovelhas pastavam sobre suas pernas estiradas; criancinhas corriam pelo relvado oblíquo, estendiam os braços e caíam.

– De uma elegância tudo isso... – disse Jacob.

"Elegante" nos lábios dele tinha misteriosamente toda a beleza de uma personalidade que Bonamy julgava cada dia mais sublime, devastadora, terrífica do que nunca, embora ainda fosse – talvez para sempre bárbara e obscura.

Que superlativos! Que adjetivos! Como absolver Bonamy de alimentar um sentimento da espécie mais vulgar; de ser jogado como cortiça sobre as ondas, sem qualquer visão firme da personalidade; de não ser amparado pela razão e de não haurir nenhum consolo das obras dos clássicos?

– O máximo da civilização – disse Jacob.

Gostava de usar palavras latinas.

Magnanimidade, virtude – essas palavras, quando usadas por Jacob, em conversa com Bonamy, significavam que ele assumia o controle da situação, e que Bonamy brincaria em volta dele como um *cocker spaniel* afetuoso e que (muito provavelmente) acabariam rolando pelo assoalho.

– E a Grécia? – disse Bonamy. – O Partenon, e tudo mais?

– Não se vê nada desse misticismo europeu – disse Jacob.

– É a atmosfera, acho eu – disse Bonamy. – E você foi a Constantinopla?

– Sim – disse Jacob.

Bonamy fez uma pausa, moveu um seixo; depois interveio, com a rapidez e segurança de uma língua de camaleão.

– Você está apaixonado! – exclamou. Jacob corou.

A mais afiada das facas jamais cortou tão fundo.

Em vez de responder, ou dar qualquer importância, Jacob olhou diretamente para cima, com olhar fixo, monolítico – ah, quão belo! – como um almirante britânico, exclamou Bonamy furioso, erguendo-se e afastando-se, esperando algum som. Nada se ouviu; era orgulhoso demais para olhar para trás; andou mais e mais depressa, até que deu consigo mesmo olhando fixo para dentro de automóveis e amaldiçoando as mulheres. Onde estava o rosto da bela mulher? De Clara – de Fanny – de Florinda? Quem seria a bela criatura?

Não era Clara Durrant.

O *terrier* de Aberdeen tinha de fazer exercício, e como naquele instante o Sr. Bowley estava saindo – não havia nada de que gostasse tanto quanto de um passeio –, foram juntos, Clara e o bondoso pequeno Bowley – Bowley, que tinha quartos no Albany, Bowley que escrevia ao *Times* cartas repletas de chistes sobre hotéis estrangeiros e a Aurora Boreal, Bowley, que gostava de gente jovem e andava por Piccadilly com o braço direito repousando nas costas.

– Seu diabinho! – gritou Clara e prendeu Troy na corrente.

Bowley antecipava – esperava por – uma confidência. Embora devotada à mãe, às vezes Clara se ressentia um pouco; bem, sua mãe era tão segura de si, que não podia compreender que outras pessoas fossem... fossem "tão ridículas como eu", disse Clara num arranco (e o cão a puxava para diante). E Bowley achou-a parecida com uma caçadora e ficou imaginando qual seria o seu nome – uma virgem pálida com uma fita de luar nos cabelos, coisa que o deixou extasiado.

As faces dela estavam rosadas. Ter falado abertamente sobre a mãe... Mas só com o Sr. Bowley, que a amava, como era do dever dele; para ela, falar não era algo natural, embora fosse terrível sentir, como sentira o dia todo, que *era preciso* contar tudo a alguém.

– Espere até atravessarmos a rua – disse ao cão, inclinando-se para ele.

Felizmente nessa hora já recuperara o controle.

– Ela pensa tanto na Inglaterra – disse. – Está tão ansiosa...

Como de costume, Bowley sentiu-se defraudado. Clara jamais confiava em ninguém.

"Por que é que vocês, jovens, não dão um jeito, hein?", queria perguntar. "Qual é o problema com a Inglaterra?" – questão à qual a pobre Clara não teria podido responder, pois, enquanto a Sra. Durrant discutia com Sir Edgar a política de Sir Edward Grey, Clara apenas se admirava que o armário estivesse empoeirado, e que Jacob não tivesse regressado. Ah, ali estava a Sra. Cowley Johnson...

E Clara passaria as belas taças de chá de porcelana e sorriria ao elogio de que ninguém em Londres fazia chá tão bem quanto ela.

– Nós compramos chá no Brocklebank – dizia –, em Crusitor Street.

Não deveria sentir-se grata? Não deveria ser feliz? Especialmente quando sua mãe parecia estar tão bem e gostava tanto de falar com Sir Edgar sobre Marrocos, Venezuela, ou algum desses lugares.

"Jacob! Jacob!", pensava Clara; e o bondoso Sr. Bowley, sempre tão delicado com as senhoras idosas, que olhava, e parava, e pensava se Elizabeth não estaria sendo dura demais com a filha; que pensava em Bonamy, em Jacob – que tipo de rapaz era ele? – e que se levantou imediatamente quando Clara disse que tinha de levar Troy para fazer exercício.

* * *

Tinham chegado ao terreno da antiga Exposição. Olharam as tulipas. Rígidas e encaracoladas, erguiam-se da terra as pequenas hastes de uma maciez de cera, viçosas, mas discretas, moldadas em escarlate e coral. Cada uma tinha sua sombra; cada uma crescia comportada no canteiro em forma de diamante, segundo o plano do jardineiro.

– Barnes não consegue fazer com que cresçam assim – cismou Clara e suspirou.

– Você está negligenciando seus amigos – disse Bowley, quando alguém, seguindo em direção oposta, ergueu o chapéu. Ela sobressaltou-se; percebeu a mesura do Sr. Lionel Parry; desperdiçou com ele o que em si brotara para Jacob.

("Jacob! Jacob!", pensava.)

– Mas você vai ser atropelado se eu soltá-lo – disse ao cachorro.

– Acho que a Inglaterra vai indo bem – disse o Sr. Bowley.

O arco do parapeito debaixo da estátua de Aquiles estava repleto de guarda-sóis e coletes, correntes e pulseiras, damas e cavalheiros passeando ociosos e elegantes, observando tudo vagamente.

– ... essa estátua foi erguida pelas mulheres da Inglaterra... – leu Clara, soltando um risinho tolo. – Oh, Sr. Bowley! Oh! – Galope, galope, galope, um cavalo passou a galope, sem cavaleiro. As rédeas voavam, os pedregulhos saltavam.

– Oh, pare-o! Pare-o, Sr. Bowley! – gritou ela, pálida, trêmula, agarrando o braço dele, totalmente fora de si, as lágrimas brotando.

* * *

– Tst-tst – disse o Sr. Bowley em seu quarto de vestir, uma hora mais tarde. – Tst-tst – comentário bastante profundo, embora expresso de maneira inarticulada, pois seu criado lhe entregava as abotoaduras.

Também Julia Eliot vira o cavalo disparar e erguera-se da cadeira para ver o fim do incidente, que lhe parecia um pouco ridículo, a ela que vinha duma família de esportistas. Naturalmente o homenzinho corria atrás, com dificuldade, calções empoeirados; parecia aborrecido; um policial o ajudava a montar quando, com um sorriso sardônico, Julia Eliot se dirigia a Marble Arch, no seu passeio benemerente. Era apenas para visitar uma velha senhora enferma, que conhecera sua mãe e talvez o Duque de Wellington; pois Julia partilhava do amor que seu sexo nutre pelos aflitos; gostava de visitar moribundos; jogava chinelos em casamentos*; escutava dúzias de confidências; conhecia mais *pedigrees* do que um erudito conhece datas, e era uma das mais bondosas, mais generosas e a menos moderada das mulheres.

Cinco minutos depois de ultrapassar a estátua de Aquiles, ela ostentava o ar extasiado de alguém abrindo caminho entre multidões numa tarde de verão, quando as árvores farfalham, rodas giram amarelas, o tumulto do presente parece uma elegia sobre

---

* Tradição inglesa em festas de casamento. (N. de T.)

a juventude passada e os verões passados, e uma singular tristeza dominava sua mente, como se tempo e eternidade espreitassem por entre saias e coletes e ela visse pessoas tragicamente a caminho da destruição. Ainda assim – só Deus sabe –, Julia não era nenhuma tola. Não havia mulher mais arguta em suas barganhas. Era sempre pontual. O relógio de pulso lhe dava doze minutos e meio para chegar a Bruton Street; Lady Congreve esperava-a às cinco.

* * *

O relógio dourado do Verrey estava soando cinco horas.

* * *

Florinda olhou-o com expressão embotada, como um animal. Olhou o relógio; olhou a porta; olhou o longo espelho em frente; arranjou sua capa; chegou mais perto da mesa, pois estava grávida – não havia dúvida quanto a isso, dissera a mãe Stuart, aconselhando remédios, consultando suas amigas; Florinda esvaída, no alto dos saltos dos sapatos, deslizando pela superfície das águas.

Seu copo de conteúdo rosado e doce foi colocado na mesa pelo garçom; ela chupou por um canudo de palha, olhos no espelho, na porta, apaziguada pelo sabor doce. Quando Nick Bramham entrou, até o jovem garçom suíço notou que havia um caso entre eles. Nick ajeitou as roupas canhestramente; passou os dedos no cabelo; sentou-se, nervoso, para a provação. Ela o fitou e começou a rir; riu – riu – riu. O jovem garçom suíço, parado junto ao pilar, de pernas cruzadas, riu também.

A porta abriu-se; a zoeira de Regent Street entrou, a zoeira do tráfego impessoal, impiedoso; e a luz do sol com grãos de sujeira. O garçom suíço teve de atender aos recém-chegados. Bramham ergueu seu copo.

– Ele parece Jacob – disse Florinda fitando o recém-chegado.
– O jeito de olhar. – Seu riso morreu.

* * *

Debruçando-se para diante, Jacob desenhava uma planta do Partenon na poeira de Hyde Park; pelo menos era uma rede de rabiscos que poderia ser o Partenon ou um diagrama de matemática. E por que os seixos tão enfaticamente assentados num canto? Não, não fora para conferir suas anotações que ele tirara um maço de papéis do bolso e lera uma longa carta escrita por Sandra dois dias atrás, em Milton Dower House, com o livro que ele lhe dera na frente, e no pensamento a lembrança de algo pronunciado ou tentado, em algum momento na escuridão, na estrada da Acrópole, que (acreditava ela) importaria para sempre.

Ele é como aquele personagem de Molière, ela cismou.

Ela queria dizer Alceste. Ela queria dizer que Jacob era inflexível. E ao mesmo tempo ela queria dizer que poderia muito bem desprezá-lo.

Ou não poderia?, pensou, recolocando os poemas de Donne na estante. Jacob, prosseguiu, indo até a janela e olhando, por cima dos canteiros manchados de flores, para a relva onde vacas malhadas pastavam debaixo de faias, Jacob ficaria chocado.

O carrinho de bebê estava passando pelo portãozinho da grade. Ela enviou um beijo com a mão; orientado pela ama, Jimmy abanou a sua.

— *Ele é* um menininho — disse ela, pensando em Jacob.

Mas — e Alceste?

* * *

— Mas que chateação! — resmungou Jacob, estendendo primeiro uma perna depois outra, apalpando os bolsos das calças à procura do tíquete de sua cadeira.

— Espero que as ovelhas o tenham devorado — disse. Por que é que vocês criam ovelhas aqui?

— Sinto muito incomodá-lo, senhor — disse o rapaz que recolhia os tíquetes, a mão no fundo da enorme sacola de moedas.

— Bem, acho que você é pago para fazer isso — disse Jacob. — Aqui. Não, pode ficar com o troco. Tome um pileque.

Ele se desfizera de meia coroa, condescendente, compassivo, com um considerável desprezo pelo seu dinheiro e pelo gênero humano.

* * *

Nesse mesmo momento, enquanto andava ao longo do Strand, a pobre, incompetente Fanny Elmer pensava, sem conseguir entendê-la, nessa maneira descuidada, indiferente, sublime, que Jacob tinha ao falar com funcionários de ferrovia ou porteiros, ou com a Sra. Whitehorn, quando ela o consultava sobre o seu filho que fora surrado pelo professor.

Amparada nos últimos dois meses unicamente pelos cartões-postais, a ideia que Fanny tinha de Jacob era mais irreal, mais nobre e mais cega do que nunca. Para reforçar essa visão, ela se pusera a visitar o Museu Britânico, onde, conservando os olhos baixos até passar pelo Ulisses carcomido, ela os abria e recebia novo impacto da presença de Jacob, o suficiente para sustentá-la por meio dia. Mas isso começava a se diluir. E agora ela escrevia – poemas, cartas nunca enviadas, via o rosto dele em anúncios de cartazes, e atravessaria a rua para fazer o realejo transformar suas próprias cismas em rapsódias. No café da manhã (ela dividia o quarto com uma professora), quando a manteiga se espalhava no prato e nos dentes dos garfos se enrolava gema de ovo envelhecida, ela revisava intensamente tais conceitos; na verdade, ficava muito aborrecida; estava perdendo sua bela aparência, conforme dissera Margery Jackson, rebaixando o caso (enquanto amarrava suas sólidas botinas) a uma questão de superioridade maternal, vulgaridade e sentimento banal – pois também ela um dia amara e fora uma tola.

– Nossas madrinhas deviam ter nos ensinado – disse Fanny para si mesma, olhando pela vitrine de Bacon, o vendedor de mapas, no Strand – que não adianta fazer drama; isso é a vida, deviam ter dito – tal como Fanny se dizia agora, olhando o grande globo amarelo onde apareciam demarcadas as rotas dos navios.

– É a vida. É a vida – disse Fanny.

Que rosto duro, pensou a Srta. Barret, do outro lado do vidro, comprando mapas do deserto da Síria e esperando impacientemente que a atendessem. Hoje em dia, as mocinhas parecem velhas muito cedo.

O equador nadava atrás das lágrimas.

– Piccadilly? – perguntou Fanny ao condutor do ônibus e subiu para o andar de cima. Ao fim e ao cabo, ele iria, ele tinha de voltar para ela.

Contudo, Jacob talvez estivesse pensando em Roma, em arquitetura, em jurisprudência, sentado debaixo do plátano no Hyde Park.

* * *

O ônibus parou na altura de Charing Cross: atrás estavam enfileirados ônibus, furgões, automóveis, pois uma procissão com estandartes desfilava por Whitehall, e pessoas idosas desciam rígidas por entre as patas dos leões limosos onde haviam testemunhado sua fé, cantando fervorosas, erguendo os olhos da música para fitar o céu, e ainda mantendo os olhos no céu ao marcharem atrás dos letreiros dourados do seu credo.

O tráfego interrompeu-se; o sol, não mais suavizado pela brisa, era quase quente demais. A procissão passava; os estandartes cintilavam ao longe, descendo Whitehall; o tráfego foi liberado e seguiu adiante; tramando uma zoeira branda e contínua, desviou-se em torno da curva de Cockspur Street, passou por escritórios do governo e estátuas equestres, em Whitehall, e chegou às torres espinhentas, à cinzenta frota de pedras engatadas umas nas outras, e ao grande relógio branco de Westminster.

O Big Ben entoou cinco batidas; Nelson recebeu a salva de hábito. Os fios telefônicos do Almirantado vibravam com alguma comunicação de longa distância. Uma voz comentava que primeiros--ministros e vice-reis falavam no Reichstag ou chegavam a Laore; que o imperador alemão viajara; que em Milão havia tumulto, e rumores em Viena; que o embaixador em Constantinopla tivera audiência com o sultão; e que a esquadra se achava em Gibraltar.

A voz continuou imprimindo nos rostos dos empregados de escritório em Whitehall (Timothy Durrant era um deles) algo da sua própria inexorável gravidade, enquanto eles ouviam, decifravam, anotavam. Papéis acumulavam-se entulhados com as façanhas do Kaiser, as estatísticas dos arrozais, as exigências de centenas de operários tramando sedição em ruelas afastadas ou reunindo-se em bazares de Calcutá ou revistando tropas nas terras altas da Albânia, onde as colinas são cor de areia e os ossos jazem desenterrados.

A voz falava nítida no aposento quadrado, com pesadas mesas, onde um homem idoso tomava notas na margem de folhas datilografadas, o guarda-chuva com ponteira prateada encostado na estante de livros.

Sua cabeça – calva, de veias vermelhas, aparência oca – representava todas as cabeças do edifício. Sua cabeça, com os amáveis olhos desbotados, carregava pelas ruas o ônus do saber; apresentava-o aos colegas, que chegavam igualmente onerados; e então os dezesseis cavalheiros, erguendo suas canetas ou virando-se talvez fatigados nas cadeiras, decretavam que o curso da história deveria delinear-se por este ou aquele caminho, virilmente determinados, conforme demonstravam seus rostos, a impor alguma coerência aos Rajás e ao Kaiser e à murmuração dos bazares, às reuniões secretas, bastante visíveis em Whitehall, de camponeses de saiote nas terras altas da Albânia; e a controlar o curso dos acontecimentos.

Pitt e Chatham, Birke e Gladstone, olhavam de um e outro lado com seus fixos olhos de mármore e um ar de imortal aquiescência, que talvez os vivos invejassem. E o ar estava cheio de assobios e concussões, enquanto a procissão descia Whitehall com seus estandartes. Mais ainda, alguns estavam sofrendo de dispepsia; um deles rachara naquele instante o vidro de seus óculos; outro falaria em Glasgow amanhã; todos juntos pareciam por demais vermelhos, gordos, pálidos ou magros, para lidarem com o curso da história, tal como haviam feito outrora aquelas cabeças de mármore.

* * *

Timmy Durrant, em seu quartinho no Almirantado, indo consultar o livro azul*, parou por um momento na janela e observou o cartaz amarrado ao poste do lampião.

A Srta. Thomas, uma das datilógrafas, disse à sua amiga que, se o Gabinete se reunisse por muito tempo mais, ela se desencontraria de seu filho em frente do Gaiety.

Voltando a seu lugar com o livro azul debaixo do braço, Timmy Durrant notou um pequeno grupo de pessoas na esquina; conglomeradas, como se uma delas soubesse de alguma coisa; e as outras, comprimindo-se ao redor, olhavam para cima, olhavam para baixo, olhavam ao longo da rua. O que era que essa pessoa sabia?

Colocando o livro azul à sua frente, Timothy estudou um papel enviado pelo Tesouro para informação. O Sr. Crawley, seu colega no escritório, empalou uma carta num espetinho.

Jacob ergueu-se de sua cadeira no Hyde Park, rasgou em pedaços o seu bilhete e afastou-se.

"Que pôr de sol", escrevia a Sra. Flanders, em sua carta para Archer em Cingapura. "A gente não conseguia decidir-se a entrar", escrevia. "Parecia um pecado desperdiçar um só momento que fosse."

As longas janelas de Kensington Palace incendiaram-se num rosa chamejante quando Jacob se afastou; um bando de patos selvagens voou sobre a Serpentina; e as árvores erguiam-se contra o céu, negrejando magníficentes.

* * *

"Jacob", escrevia a Sra. Flanders, a luz vermelha sobre a página, "está trabalhando muito depois de sua deliciosa viagem..."

---

* Publicação oficial do governo britânico, encadernada em azul. (N. da T.)

– O Kaiser recebeu-me em audiência – comentava a voz distante em Whitehall.

* * *

– Mas eu conheço esse rosto – disse o reverendo Andrew Floyd, saindo da loja Carter em Piccadilly – mas quem, diabo? – examinou Jacob e virou-se para olhá-lo, mas não podia ter certeza.

"Ora, Jacob Flanders!", lembrou num lampejo.

Estava tão alto, tão seguro, um rapaz tão distinto.

"Eu lhe dei as obras de Byron", refletiu Andrew Floyd, e avançou quando Jacob atravessou a rua; hesitou, porém; deixou o momento passar e perdeu a ocasião.

Outra procissão, sem estandartes, bloqueava Long Acre. Carruagens com aristocráticas senhoras idosas usando ametistas, e cavalheiros com cravos, interceptavam cabriolés e automóveis que seguiam em direção oposta, nos quais se refestelavam ociosos senhores avelhantados de coletes brancos a caminho de seus arbustos e salas de bilhar em Putney e Wimbledon.

Dois realejos tocavam na beira da calçada, e cavalos saindo de Aldridge com marcas brancas nos traseiros atravessavam a rua e eram habilmente puxados para trás.

A Sra. Durrant, sentada num automóvel com o Sr. Wortley, estava impaciente, receando perder a abertura.

Mas o Sr. Wortley, sempre educado, sempre a tempo para a abertura, abotoava as luvas e admirava a Srta. Clara.

– Um absurdo, passar uma noite dessas num teatro! – disse a Sra. Durrant, vendo abrasarem-se todas as janelas dos fabricantes de carruagens em Long Acre.

– Pense nos seus pântanos! – disse o Sr. Wortley a Clara.

– Ah! Mas Clara gosta mais disso aqui – riu a Sra. Durrant.

– Não sei... realmente – disse Clara, olhando as janelas em brasa. E sobressaltou-se.

Avistara Jacob.

– Quem? – disse a Sra. Durrant em tom penetrante, debruçando-se para diante.

Mas não viu ninguém.

Debaixo do arco da ópera, os rostos grandes e outros finos, os empoados e os peludos, todos estavam ruborizados pelo pôr do sol; e excitadas pelos grandes lustres pendentes com suas contidas luzes amarelo-pálidas, pelo ruído, pelo escarlate e pela pompa, algumas damas se voltaram em imaginação, por um momento, para dentro de enfumaçados quartos de dormir nauseabundos, próximos ao teatro, onde mulheres de cabelos desgrenhados, ou meninas, ou crianças se debruçavam nas janelas – longos espelhos, na passagem, faziam parar as damas –, e era preciso prosseguir, não bloquear a passagem...

* * *

Eram belos os pântanos de Clara. Os fenícios dormiam debaixo de suas rochas cinzentas empilhadas; as chaminés das velhas minas apontavam severas no ar; mariposas prematuras punham manchas nas urzes; podiam-se ouvir rodas de carroças chiando na estrada bem abaixo; e o chapinhar e suspirar das ondas soava doce, persistente, eterno.

Protegendo os olhos com a mão, a Sra. Pascoe detinha-se no seu jardim de repolhos, olhando o mar. Dois navios e um barco a vela cruzaram um pelo outro, passaram um pelo outro, e na baía as gaivotas pousavam sobre um toro de madeira, erguendo-se alto, voltando ao toro, enquanto algumas cavalgavam as ondas e paravam na beira da água, até que a lua embranqueceu tudo.

Há muito tempo a Sra. Pascoe entrara em casa.

Mas o clarão vermelho pairava sobre as colunas do Partenon, e as mulheres gregas, que tricotavam suas meias e às vezes gritavam por uma criança para que viesse e deixasse tirar os insetos de sua cabeça, estavam alegres como andorinhas no calor, discutindo, ralhando, amamentando seus bebês, até que os navios no Pireu se puseram a disparar seus canhões.

O som achatou-se, e depois veio escavando o túnel do seu caminho com explosões espasmódicas entre as ilhas.

E a escuridão tombou como um punhal sobre a Grécia.

* * *

– Os canhões? – disse Betty Flanders meio adormecida, saindo da cama e dirigindo-se à janela decorada com uma franja de folhas escuras.

Não a essa distância, pensou. É o mar.

Mais uma vez, bem longe, escutou o som abafado, como de mulheres noturnas batendo enormes tapetes. Havia Morty desaparecido e Seabrook morto; e seus filhos que combatiam pela pátria. Mas as galinhas estariam bem guardadas? Alguém descia as escadas? Rebeca com dor de dente? Não. As mulheres noturnas batiam seus enormes tapetes. As galinhas agitavam-se de leve nos ninhos.

14

"Ele deixou tudo exatamente como estava", admirou-se Bonamy. "Nada arrumado. As cartas espalhadas por aí, para qualquer um ler. O que estaria esperando? Pensaria em voltar?", cismou, parado no meio do quarto de Jacob.

O século XVIII tem sua própria distinção. Essas casas foram construídas, digamos, há cento e cinquenta anos. Os quartos são amplos, os tetos altos; sobre as portas, uma rosácea ou cabeça de cervo esculpida na madeira. Mesmo os lambris, pintados em cor de framboesa, têm certa distinção.

Bonamy pegou um recibo relativo a um chicote de montaria.

– Isso parece estar pago – disse.

Havia as cartas de Sandra. E ele se informou:

A Sra. Durrant dava uma festa em Greenwich... Lady Rocksbier esperava ter o prazer...

É lânguido o ar num quarto vazio, mal inflando a cortina; as flores fenecem no jarro. Uma fibra da cadeira de balanço range, embora ninguém esteja sentado nela.

Bonamy foi até a janela. O furgão de Pickford disparava rua abaixo. Os ônibus estavam atravancados na esquina diante da Livraria Mudie. Máquinas pulsavam, carroças puxavam para trás os seus cavalos, freando violentamente. Uma voz áspera e infeliz gritava algo ininteligível. Então, de repente, todas as folhas pareceram erguer-se.

– Jacob! Jacob! – gritou Bonamy, parado junto da janela. As folhas baixaram de novo.

– Mas que confusão por toda parte! – exclamou Betty Flanders, abrindo num ímpeto a porta do quarto de dormir.

Bonamy afastou-se da janela.

– O que faço com eles, Sr. Bonamy?

Ela segurava um par de velhos sapatos que haviam pertencido a Jacob.

grupo novo século

Compartilhando propósitos e conectando pessoas
Visite nosso site e fique por dentro dos nossos lançamentos:
www.novoseculo.com.br

‹ns

- facebook/novoseculoeditora
- @novoseculoeditora
- @NovoSeculo
- novo século editora

gruponovoseculo.com.br

Edição: 2
Fonte: IBM Plex Serif